윤동주를 다시 만나다

윤동주를 다시 만나다

윤동주 | 소강석 詩 평설

김종회 지음

문학나무

두 시인과 함께 보낸 한철

윤동주! 이 익숙한 이름은 언제나 내게 말할 수 없는 슬픔이나 아픔의 다른 이름이었다. 비단 나에게만 그러할까. 우리 민족의 정신과 모국어에 대한 자긍심을 가진 누구에겐들 그렇지 않겠는가. 이즈음 내가 그 윤동주를 새롭게 다시 만난 것은 목회자 시인 소강석으로 인해서였다. 그의 산문집 『별빛 언덕 위에 쓴 이름』과 시집 『다시, 별 헤는 밤』을 읽으면서, 마치 '잊어버린 고운 노래의 고요한 멜로디'를 되찾듯이 윤동주를 다시 붙들게 되었다. 그리고 놀랐다. 많은 이들이 그 아름다운 이름을 잊어가는 동안에, 이렇게 그의 삶과 시를 실천적으로 현양하는 이가 있었다니!

소강석이 시를 쓰기 시작한 것은 그의 내면에 숨어 있는 예술혼이 발아한 것이지 윤동주 때문만은 아닐 것이다. 그러나 짐작하건대 그는 윤동주와 그 시를 만나면서, 아마도 자기 시의 원형을 보지 않았을까 한다. 순수한 서정적 감성, 끊임없는 자아 성찰, 뜨거운 기독교 신앙, 그리고 생사의 갈림을 두려워하지 않은 나라 사랑의 시혼(詩魂)에서 윤동주와 소강석은 놀랄 만큼 서로 닮아있다. 이렇게 전대의 시인과 후대의 시인이 만나는 것은, 하나의 인연이자 운명이다. 내가 이 두 시인을 묶어 『윤동주를 다시 만나다』라는 책을 구상한 것 또한 그 연장선상에 놓일 터이다.

소강석은 윤동주를 찾아, 그 시 정신을 기리기 위해 발로 뛰었고 지속적인 연구를 수행했으며, 자신의 시를 통해 윤동주의 생애를 형상화하는 '평전 시'를 썼다. 윤동주를 흠모하기를 넘어 그를 닮아가려 애썼고, 시를 통해 시적 대상과 일체화되기를 원했다. 그리고 이러한 시도가 도저한 물결이 되어, 누구나 이 민족시인을 알고 그 교훈이 다음 세대에 이첩되는 범례가 되기를 소망했다. 소강석의 책 두 권을 한꺼번에 읽은 연후의 충격으로, 나는 부족한 대로 이처럼 두 시대의 중심을 가로질러 뜻깊게 연대하는 '과업'에 동참하기로 했다.

이 책에는 '윤동주와 소강석'이란 부제를 붙였다. 먼저 윤동주의 생애와 문학, 현 단계에 있어서 윤동주 문학의 의의와 우리가 맡아야 할 책무를 살펴볼 것이다. 이어서 윤동주의 주요한 시들을 주제론적 관점으로 고찰하고 그것이 오늘의 우리 삶에 어떤 의미를 갖는가를 궁구(窮究)해 보려 한다. 그런 다음 소강석이 보여준 윤동주를 기리는 철혈의 열정과 그의 윤동주 평전 시집 『다시, 별 헤는 밤』의 주요 시들을 역시 주제 중심으로 분석해 볼 것이다. 책의 말미에는 이 탐색과 분석에 소환된 두 시인의 시들을 수록할 참이다.

짧지 않은 시간을 밤낮없이 윤동주에 그리고 소강석에 심취하여 지내는 동안, 이제 꿈길에서조차 그들을 만나니 나의 이 고된(?) 작업도 어느결에 마무리에 이른 듯하다. 끝까지 남는 생각 하나. 윤동주의 시에, 소강석의 시에 아무리 귀한 뜻이 담겼다 할지라도 이를 담아내는 그릇에 순정한 서정이 없었더라면 그 값을 제대로 인정받을 수 있었을까. 나는 여기에 문학 또는 예술의 존재 양식이 있다고 본다. 그러기에 두 시인과 가까이 만나는 때에 나는 내내 행복했다. 이 책을 쓰는 동안 함께 기도해준 아내 한선희 권사와 한 권의 소담스러운 책으로 만들어준 문학나무에 깊이 감사드린다.

2023년 3월

김종회

차례

I. ㅇㄷㅈㅇㅅㅇㅇㅁㅎ

Ⅰ. 윤동주의 생애와 문학

Ⅰ. 윤동주의 생애와 문학

1. 시인 윤동주 지키기

윤동주의 「서시」

죽는 날까지 하늘을 우러러

한 점 부끄럼이 없기를

잎새에 이는 바람에도

나는 괴로워했다

별을 노래하는 마음으로

모든 죽어가는 것을 사랑해야지

그리고 나한테 주어진 길을

걸어가야겠다

오늘 밤에도 별이 바람에 스치운다

이 시는 윤동주가 1941년 연희전문을 졸업하기 직전, 생애 처음으로 내려고 했던 시집의 서문으로 쓴 '서시'다. 일제강점기의 암울한 시기에 한 점 부끄러움 없이 살고자 했던 시인의 마음을 담았다. 누구나 사랑하는 국민 애송시다.

항일저항시의 전언(傳言)

우리 문학사에 이름을 남긴 항일 저항시인은 얼마나 될까. 「님의 침묵」을 쓴 승려이자 민족운동가 한용운, 「광야」와 「청포도」의 이육사, 「그날이 오면」의 심훈, 「빼앗긴 들에도 봄은 오는가」의 이상화, 「벌(罰)」을 통해 서대문형무소를 그렸던 김광섭, 「서시」와 「별 헤는 밤」의 윤동주가 있다. 「나는 왕이로소이다」의 홍사용이 그 반열에 이름을 올리기도 한다. 그리고는 더 찾아보기 어렵다.

저항시의 수준에 앞서 그 희소성을 더 유념할 수밖에 없는 형편이다. 여기서 살펴보려는 윤동주의 「별 헤는 밤」에서, 별빛이 내린 언덕 위에 이름자를 써 보고 흙으로 덮어버리는 것은, 그 이름을 공공연히 드러낼 수 없는 물리적 억압을 상징한다. 마침내 봄날이 도래하여 '자랑처럼' 풀이 무성할 그날에 대한 소망은, 철혈의 가슴을 가진 투사에 못잖은 호소력으로 민족의식을 환기한다.

항일저항시집을 꾸리는 이들은 하 답답하여 여기에 김소월을 포함하기도 한다. 상실과 말소의 시대를 살면서, 우리 고유의 민족어와 음률을 탁월한 언어 감각으로 풀어낸 소월의 시는, 구구절절 절창에 이른다. 그의 「옷과 밥과 자유」 같은 시에 일말의 저항적 요소가 보이기는 하나, 본격적인 저항시라 지칭하기에는 아무래도 무리가 있다.

언어가 곧 민족정신을 담는 그릇이요 그 현양(顯揚)의 가장 탁월한 방안이라 할 때, 한국 시사(詩史)에서 소월을 건너 뛸 일은 없다. 「진달래 꽃」이나 「산유화」

같은 시들은 그냥 읽기만 해도 가슴 한 구석이 깊은 감회에 젖는다. 그의 시어 하나하나가 이토록 심금을 울리는 명편이지만, 그렇다고 적극적인 저항시의 명호를 내걸 수는 없는 터이다.

항일시의 인식과 기림

3·1운동 100주년을 두 해나 넘겼지만, 항일저항시에 대한 인식과 기림을 새롭게 하는 일은 여전히 절실하다. 조국의 독립에 운명을 걸고 자신을 희생한 이들의 고귀한 정신을 다시 되돌아보고, 그 역사적 교훈을 이어갈 프로그램과 시스템을 재정립해야 한다. "과거의 역사에서 교훈을 얻지 못하는 민족에게 미래가 없다"는 말은 스페인 태생의 미국 철학자 조지 산타야나의 언표(言表)인데, 윈스턴 처칠이나 단재 신채호도 이와 유사한 언급을 했다.

일제의 총검을 온몸으로 맞아야 했던 선진들의 참상을 생각하면, 오늘 일본 정치지도자들의 행태는 참으로 모질고 후안무치하기까지 하다. 국제정세와 상호협력의 이름으로 저들을 이해한다 하더라도 그 통한을 잊어서는 안 된다. 윤동주의 시 한 구절 한 구절이 절박하게 그것을 전하고 있다.

윤동주의 「별 헤는 밤」

계절이 지나가는 하늘에는
가을로 가득 차 있습니다
나는 아무 걱정도 없이
가을 속의 별들을 다 헬 듯합니다

가슴 속에 하나 둘 새겨지는 별을
이제 다 못헤는 것은
쉬이 아침이 오는 까닭이요
내일 밤이 남은 까닭이요
아직 나의 청춘이 다하지 않은 까닭입니다

(중략)

나는 무엇인지 그리워

이 많은 별빛이 내린 언덕 위에

내 이름자를 써 보고

흙으로 덮어 버리었습니다

딴은 밤을 새워 우는 벌레는

부끄러운 이름을 슬퍼하는 까닭입니다

그러나 겨울이 지나고 나의 별에도 봄이 오면

무덤 위에 파란 잔디가 피어나듯이

내 이름자 묻힌 언덕 위에도

자랑처럼 풀이 무성할 거외다

윤동주 유고 보존 사적지

전남 광양의 망덕포구에는 '윤동주유고보존 정병욱 가옥'이란, '대한민국 근대문화유산'으로 지정된 문화재가 있다. 그곳은 윤동주와 연희전문을 함께 다닌 후배 정병욱 전 서울대 교수가 윤동주의 친필 유고를 어렵게 보존했다가, 광복 후에 『하늘과 바람과 별과 시』라는 시집을 간행하면서 시인 윤동주를 널리 알린 전설 같은 사실(史實)의 현장이었다.

「서시」 못지않게 우리에게 익숙한 「별 헤는 밤」의 말미 네 줄, "그러나 겨울이 지나고 나의 별에도 봄이 오면/ 무덤 위에 파란 잔디가 피어나듯이/ 내 이름자 묻힌 언덕 위에도/ 자랑처럼 풀이 무성할 거외다"는 정병욱의 충고에 따라 시인이 추가로 덧붙인 것이었다.

만약 이 대목이 없었더라면 시의 의미, 서정적 감각, 수미상관한 균형 등이 보다 허약했을 가능성이 크다. 새로 추가된 시의 앞부분 끝은 "딴은 밤을 새워 우는 벌레는 부끄러운 이름을 슬퍼하는 까닭입니다"로 되어 있었고, 정 교수는 "어쩐지 끝이 좀 허전한 느낌이 든다"고 말했다는 것이다.

이 가옥 앞 표지판에는 윤동주의 출생지인 북간도 룡정현 명동촌에서 광양 망덕포구에 이르는 길을 백두대간 줄기 따라 연결해놓은 지도가 그려져 있었다. 그랬다. 삼천리강토를 가로질러 이 문약하고 서정적

윤동주를 다시 만나다

인, 그러나 치열한 문학정신을 가졌던 시인은 짧지만 확고한 생애의 흔적을 남겼다. 이 문학 여행길에서 윤동주를 만나니, 몇 해 전 연길시 명동촌에 있는 시인의 생가를 다녀온 기억이 새로웠다.

연길 명동촌 윤동주 생가

룡정은 일송정과 해란강, 용두레 우물터와 명동학교 그리고 은진학교의 유적이 그대로 남아 있는 조선 민족 항일 저항운동의 박물관과 같은 곳이다. 중국 정부가 연변조선족자치주의 주도를 룡정이 아닌 연길로 유도한 것은, 이런 역사적 유적지를 회피한 것이 아닌가 생각된다.

윤동주 생가는 5칸 일자형 옛 가옥의 모습으로 복원되었고, 경내 마당을 즐비하게 채운 시비(詩碑)들이 늘어서 있었다. 그러나 그 입장료를 받는 매표소의 직원은 조선족이 아닌 한족이었다. 그로부터 백 미터 이내의 거리에 시인의 열혈 동역자 송몽규 생가도 복원되어 있었는데, 거기는 아무래도 규모가 좀 협소했다. 이들이 함께 다닌 명동학교 또한 과거의 모습으로 복원되어 있었다. 이 학교는 시인의 외삼촌 김약연 의사(義士)가 세운 사설 교육기관이었다.

이 역사의 자취와 문화의 향기를 찾아가는 발걸음이 마냥 행복한 것이 아니었다. 우리는 윤동주를 두고 연희전문을 다니고 항일저항시를 썼으며 스물아홉의 젊은 나이에 일본 후쿠오카형무소에서 순국한 우리의 시인이라고 철썩 같이 믿고 있다.

그러나 중국 조선족의 시각으로 보면 윤동주가 당연히 조선족 시인이고, 중국의 소위 '동북공정'으로 말하면 중국 소수민족 시인이라는 것이다. 문제는 이러한 주장이 터무니없다고 도외시할 수 없다는 데 있다. 이와 같은 삼엄한 인식의 차이가 양자 가운데, 아니면 삼자 가운데 위태롭게 가로놓여 있는 까닭에서다.

윤동주를 지키기 위하여

민족문화와 민족어의 개념으로 보면 윤동주는 당연

히 우리의 시인이다. 그러나 오늘날의 국토와 국적 개념으로 보면 중국 조선족과 중국 정부의 인식을 아무 전제조건 없이 틀렸다고 할 수가 없는 것이다. 어쨌거나 문화의 영역은 현실적인 대립을 축소하고 그 본질을 함께 향유하는 방향으로 나아가야 옳다.

국가와 국가, 민족과 민족 사이에 이에 대한 다툼보다는 상호 협력을 통해 문화유산을 미래의 동력으로 가꾸어야 한다. 이를 위해서는 나라가 강국이어야 하고, 강국은 국론이 통합되어 한 방향으로 작동하는 저력을 바탕으로 할 때 가능하다. 오늘날과 같이 지리멸렬한 국가적 상황에서는 민족사의 소중한 시인 한 사람이라도 제대로 지킬 수 있을지 걱정이다.

2. 윤동주와 그의 시대

2-1. 시대와 생애의 굴곡

윤동주는 서정적 감성으로 자아성찰을 넘어, 절실

한 기독신앙과 동시에 나라사랑의 가장 전방 지점까지 나아간 시인이다. 그러한 까닭으로 그동안 우리 문단에서는, '일제강점기의 말기에 저항정신과 독립 의식을 고취한 애국시인'으로 평가해 왔다. 그의 삶과 시대를 면밀히 살펴보면, 그는 생전에 유명한 문인도 아니었고 독립운동의 전선에 뛰어든 열혈 청년도 아니었다. 그러나 그에게는 문학을 향한 순수한 열정이 넘쳤고, 모국어에 대한 사랑과 그를 통한 창작에 게으르지 않았으며, 거기에 당대 최선의 시혼(詩魂)을 담았다. 그가 남기고 간 100여 편의 시는, 지금도 강한 감동으로 우리에게 다가온다. 비록 29년의 짧은 생애를 살았지만, 그는 그야말로 불세출의 시인이었다.

요즘에 와서 윤동주의 국적 문제가 다시 논란이 되고 있다. 우리는 당연히 그가 우리 문학사에 기록된 민족시인이라 생각하고, 이 확신에서 촌보도 물러설 생각이 없다. 그러나 실제로 그는 중국 내 소수민족인 조선족 출신의 문인이며, 중국 조선족으로서는 자기들의 문학 공동체를 대표하는 시인이라고 인식하고 있다. 이 논리를 소위 '동북공정'을 주창하는 중국인의 입장에 적용해 보면, 윤동주는 중국의 시인이라는 논리가 가능해진다. 여기에 문제가 있다. 이는 정치나 국토의 문제와 같이 쟁론을 앞세워서 해결될 성격의 일이 아니다. 문화유산에 대한 보다 유연한 사고방식을 소환하여, 이를 기리고 향유하는 데 뜻과 힘을 모으는 지혜가 필요한 것이다.

'윤동주를 다시 만나다'라는 표제를 가진 이 책을 구상하고 집필한 이유 가운데 바로 그러한 취지가 있다. 이 국면은 물리적 충돌이나 밀고 당기는 협상으로서가 아니라, 상호 이해와 보완의 노력을 함께 함으로써 훨씬 더 나은 결과를 가져올 수 있다. 한 민족이나 나라의 문화 유산을 온 인류가 더불어 누릴 수 있도록 하는 것이 정답이다. 우리가 러시아의 음악이나 무용에 매혹되고 중국의 시문이나 화필에 감탄하는 것을 두고, 어느 누구도 나쁘게 보지 않는다. 더 나아가 우리로서는 오늘날 우리가 어떻게 윤동주의 문학정신을 계승하고 발전시켜 나갈지를 고민해야 옳다. 이 책에서 윤동주의 생애와 문학을 다시 탐색하고 그 시대적 의미를 구명(究明)해 보려는 것은 바로 그와 같은 뜻에서다.

윤동주는 춘원 이광수가 『무정』을 발표함으로써 한국 현대문학의 출발을 알린 1917년 12월 30일, 만주국 간도성 화룡현 명동촌에서 출생했다. 명동학교 교사였던 아버지 윤영석과 어머니 김용의 3남 1녀 가운데 맏아들이었다. 본관은 파평(坡平), 아명은 해환(海煥)으로 불렸다. 그로부터 석 달 전 9월 28일, 한 집에 살던 고모 윤신영이 송몽규를 낳아 이들은 어린 시절에 같이 자랐다. 이 두 사람은 한 집에서 태어나고, 후일 일제에 의해 죽음에 이르기까지 사촌 형제로서 평생의 동역자가 되었다. 윤동주의 집안은 간도 이주민이었고 그는 이주민 3세였다. 아버지가 일하던 명동학교는 독립운동가이자 교육자였던 윤동주의 외삼촌 김약연이 설립했다.

윤동주는 1925년 4월 송몽규와 함께 명동소학교에 입학했고 비교적 유복한 생활 속에 문학의 꿈을 키우는 어린 날을 보냈다. 1931년 이 학교를 졸업한 다음, 인근의 중국인 소학교에 6학년으로 편입하여 1년을 다녔다. 그의 시 「별 헤는 밤」에 나오는 패(佩), 경(鏡), 옥(玉) 등 이국 소녀들의 이름은 이 시기의 경험과 관련이 있을 것으로 추측된다. 이듬해 1932년 윤동주는 용정(龍井)에 있는 은진중학교에 입학했다. 송몽규와는 내내 함께였으며, 거기서 문익환을 만났다. 이 학교에 재학 중이던 1934년에 윤동주는 「삶과 죽음」, 「초한대」, 「내일은 없다」 등의 시를 쓰면서 시인의 꿈을 가꾸었다. 1935년 송몽규는 《동아일보》 신춘문예에 응모하여, 콩트 「숟가락」이 당선되었다.

윤동주는 은진중학교에서 4학년 1학기를 마치고 평양 숭실중학교 3학년 2학기에 편입했다. 숭실중학교는 기독교 계열의 학교로 민족적인 분위기가 충일했는데, 이는 이후 윤동주의 삶과 문학에 크게 영향을 미쳤다. 그러나 윤동주가 20세가 되던 1936년, 숭실중학교는 일제의 신사참배를 거부하다 폐교가 되고 말았다. 다시 용정으로 돌아온 윤동주는 5년제였던 광명학원 중학부 4학년에 편입했다. 여기서는 장준하와 정일권을 만났다. 그동안 송몽규는 남경의 낙양군관학교 등을 거치다가 일본 경찰에 체포되었으며, 우여곡절 끝에 용정으로 돌아와 대성중학교 4학년에 편입했다. 이 시기의 윤동주는 본격적인 문학의 길로 들어서고 있었다.

그 무렵 용정의 외가에 온 동요시인 강소천이 시에 대해 조언을 했고, 1935년 시문학사에서 간행된 『정지용 시집』 또한 강한 영향력을 발휘했다. 광명중학교 5학년이 되자 대학 진학 문제로 아버지와 갈등이 컸다. 윤동주는 문과대학을 가고 싶었으나, 아버지는 의과대학을 강권했다. 이 첨예한 대립은 조부 윤하현의 중재로 윤동주의 뜻대로 결론이 났다. 이 시기 송몽규의 아버지 송창의도 아들의 문과대학 지원을 동의했다. 그렇게 해서 윤동주와 송몽규는 나란히 서울 연희전문 문과에 입학시험을 치르고 합격했다. 북간도 전체에서 연전 문과 입학생은 그들 두 사람밖에 없었다. 연전 또한 기독교 계열의 학교였다. 이 학교를 다니는 동안 윤동주는 최현배에게서 조선어를 배우고, 이양하에게서 영시(英詩)를 배웠다.

윤동주가 24세가 되던 1940년 4월, 광명학원 중학부 후배 장덕순과 경남 하동 출신의 정병욱이 연전

문과에 들어와 함께 수학하면서 깊은 교분을 맺었다. 정병욱은 윤동주의 2년 후배였고 나이가 다섯 살이나 차이가 났으나 매우 가깝게 지냈다. 정병욱은 윤동주의 사후에 서울대 국문과 교수로 재직했으며, 윤동주의 유고 시집 필사본 「바람과 구름과 별과 시」의 원고를 보관했다가 유족들에게 전했다. 지금 남아 전하는 윤동주의 이 유일한 시집은, 그렇게 해서 세상에 나오게 되었다. 또한 그는 「별 헤는 밤」의 말미 4행을 추가하도록 조언을 한 인물이기도 하다. 1941년 윤동주가 4학년이었을 때 일본의 진주만 기습과 함께 태평양전쟁이 일어났고, 이 전쟁은 윤동주의 운명을 바꾸어 놓았다.

전쟁의 발발과 더불어 '전시학제' 단축이 이루어지고 윤동주는 예정보다 석 달을 앞당겨 연희전문을 졸업했다. 그는 이때 '하늘과 바람과 별과 시'라는 제목으로 19편의 시를 모아 77부 한정판으로 출간하려 했다. 그러나 시대적 상황으로 여의치 않게 되자, 3권을 필사하여 이양하와 정병욱에게 각 1부씩을 맡겼던 것이다. 시대가 불확실하고 불안해지자, 윤동주와 송몽규의 집안 어른들은 이들의 일본 유학을 결정하고 이름을 창씨개명했다. 그래서 윤동주는 히라누마 도오쥬우(平沼東柱), 송몽규는 소오무리 무게이(宋村夢奎)가 되었다. 1942년 4월 윤동주는 도쿄의 릿쿄(立敎)대학 문학부 영문과에, 송몽규는 쿄토국제대학 서양 사학과에 입학했다.

창씨개명에 대한 윤동주의 황당한 심사는, 유학을 위해 연전에 창씨계(創氏屆)를 제출하던 1942년의 작품 「참회록」에 잘 나타나 있다. 일본으로 건너간 그는 다카다노바바역 부근에서 백인준과 함께 하숙을 했다. 「쉽게 씌어진 시」 등 5편의 작품이 이때 창작되었다. 1942년 10월, 윤동주는 기독교 계열의 학교인 교토의 도시샤(同志社)대학 영문과로 전학했고 교토국제대학에 재학 중이던 송몽규와 다시 만났다. 송몽규는 낙양군관학교 이래 늘 요시찰 인물이었고, 윤동주 또한 저들의 감시망에 걸린 바와 마찬가지였다. 도시샤대학은 윤동주가 흠모하던 시인 정지용이 수학하면서 「향수」, 「카페 프란스」 등 20여 편의 시를 쓴 창작의 현장이다. 아마도 윤동주의 도시샤대학 전학에는 정지용에 대한 동경이 작용했을 것 같다.

1943년 3월부터 일제가 징병제 및 학병제를 실시하면서, 치안유지법에 따라 누구든 검거할 수 있게 되자 일본 유학생들도 위기를 실감하는 상황에 이른다. 그해 7월 10일 송몽규가 체포되어 시모가모(下鴨) 경찰서에 구금되었고, 그로부터 나흘 후 윤동주 또한 체포되어 같은 경찰서에 구금되었다. 1944년 2월, 두 사람은 정식으로 기소되었다. 그해 3월 31일 교토 지방재판소 제1형사부 재판장 이시이 히라오는 개정 치안유지법 제5조 위반(독립운동) 혐의로 윤동주에게 징역 2년을 언도했다. 해방을 여섯 달 앞둔 1945년 2월, 그의 고향 집에 '16일 동주 사망, 시체 가지러 오라'는 전보가 배달되었고 아버지와 당숙 윤영춘이 일본으로 건너갔다.

후쿠오카 형무소에 도착한 이들은 아직 옥중에 살아 있는 송몽규를 면회했는데, 이때 피골이 상접한 송몽규는 매일같이 무엇인지 모르는 주사를 맞고 있다고 했다. 이 두 사람이 형무소에서 생체실험을 당했다는 추측이 가능한 이유다. 윤동주의 장례는 그해

3월 6일, 용정중앙감리교회에서 치러졌고,《문우》에 발표했던 시 「자화상」과 「새로운 길」이 낭송되었다. 윤동주 장례식 하루 뒤인 3월 7일, 송몽규가 옥중에서 사망했다. 이렇게 두 사람은 출생에서 사망까지 한 길을 같이 걸은 동반자가 되었다. 그해 단오절에 가족들은 윤동주의 묘소에 '시인윤동주지묘(詩人尹東柱之墓)'라고 새겨진 비석을 세워 그를 기념했다. 윤동주가 아직 청년의 아까운 나이로 유명(幽明)을 달리한 때로부터 여섯 달 뒤, 일제는 제2차 세계대전의 연합군에 무조건 항복으로 패망했다.

2-2. 윤동주 문학의 의의

윤동주 사후 2년이 된 1947년,《경향신문》2월 13일 자에 정지용의 소개문과 함께 「쉽게 씌어진 시」가 발표되었다. 당시 이 신문의 기자였던 친구 강처중의 주선이었다. 그는 이듬해인 1948년 1월 30일, 정병욱 가족이 보관하고 있던 자선 시 19편과 자신이 보관하고 있던 유품 속의 시 12편을 합쳐 모두 31편으로, 초간본 시집『하늘과 바람과 별과 시』를 정음사에서 출간했다. 같은 해 12월, 용정에서 초등학교 교사로 있던 누이 윤혜원이 윤동주의 중학 시절 육필원고 등을 가지고 서울로 이주했다. 이 원고들이 모여 1955년 2월, 윤동주 10주기 기념으로 88편의 시와 5편의 산문을 더한『하늘과 바람과 별과 시』가 정음사에서 다시 나왔다.

그로부터 20여 년의 세월이 흘러 1977년 10월, 일제 내무성 경보국 보안과에서 발행한〈특고월보(特高月報)〉1943년 12월분이 밝혀지면서, 윤동주와 송몽규의 죄명과 형량이 알려졌다. 두 사람의 혐의는 '독립운동'이었다. 이어서 5년 후인 1982년 8월, 교토지방재판소의 판결문 사본이 밝혀지면서, 두 사람의 옥사에 관한 사건 전모가 백일하에 드러났다. 1990년 8월 15일, 대한민국 정부는 윤동주에게 건국공로훈장 독립장을 추서했다. 참으로 문약한 한 청년 시인이 강철 같은 정신으로 일제의 탄압에 굴복하지 않은, 그 역사적 현실이 윤동주였다. 초간본『하늘과 바람과 별과 시』의 서문에서 정지용이 쓴 바와 같이,

'일제시대에 날뛰던 부일문사(附日文士) 놈들의 글'이 횡행하던 시대에, 그의 시와 삶은 '부끄럽지 않고 아름답기 한이 없는' 것이었다. 정지용은 이렇게 덧붙였다. '시와 시인은 원래 이러한 것이다.'

윤동주의 시 정신은 크게 네 개의 주제로 정리할 수 있지 않을까 한다.

첫째, 어린 시절 습작기로부터 그 생애를 일관한, '순수 서정'의 정신이다.

둘째, 인문학적 사고로 자신을 단련하며, 끊임없이 스스로를 각성한 '자아 성찰'의 정신이다.

셋째, 성장하면서 학습 과정에서 접한 종교적 영향으로, 올곧은 '기독 신앙'의 정신이다.

넷째, 민족공동체의 현실에 대한 울분을 내면화하면서, 저항의 의지를 담은 '나라 사랑'의 정신이다.

모두 100편이 넘는 윤동주의 시를 통독하다 보면, 이 네 가지 정신이 자연스럽게 감동적으로 전달되어 온다. 그 시행(詩行)들 가운데는 미처 발화하지 못한 식민지 지식인 청년의 아픔과 슬픔과 외로움이 한꺼번에 응결되어 있다.

이 책의 다음 장 '윤동주 시의 재조명'에서는 그 세 항들을 주제론적 시각으로 살펴보게 될 것이다.

II. ㅇㄷㅈㅅㅇㅈㅈㅁ

Ⅱ. 윤동주 시의 재조명

Ⅱ. 윤동주 시의 재조명

1. 윤동주 시의 주제론적 고찰

윤동주의 시에 대한 비평과 연구는 이미 충분히 이루어져서, 얼핏 새롭게 접근할 영역이 남아 있지 않은 것처럼 보인다. 일반적인 문학평론과 학술적인 연구 소논문, 그리고 석사 및 박사 학위 논문에 이르기까지 그 숫자와 성과를 다 열거하기 어려울 정도다. 그런데 여기서 윤동주 시에 대한 주제론적 고찰을 다시 시도하려는 것은, 함께 조명하는 소강석과의 상관성에 비추어 순수 서정, 자아 성찰, 기독 신앙, 나라 사랑 등의 항목을 일관된 시각으로 점검해 보자는 뜻을 가졌다. 글의 진행은 먼저 유고 시집이 된 자필 시고(詩稿)에 수록된 작품 10편을 살펴보고, 이어서 그 시고 편집 이후에 쓴 시 2편과 산문 「달을 쏘다」를 검토해 나가려 한다. 이 책의 성격이 따로 예정되어 있는 만큼 시의 비평에 오랜 시간을 공여하지 않고, 그야말로 큰 틀에서 주제를 살피며 지나가게 될 것이다.

1-1. 아름답고 온화한 가슴의 시

윤동주가 직접 편집한 시고의 머리말 격인 「서시」는 이미 널리 알려져 있어 새삼스러운 설명이 필요하지 않다. 그는 이 시에서 구체적인 당대의 삶과 그 정황에 대해서는 일언반구 언급도 하지 않는다. 그러나 우주 자연을 바라보는 순수한 심경과 거기에 비친 자신의 내면을 가감 없이 드러낸다. '잎새에 이는 바람'이나 '별을 노래하는 마음'과 같은 표현이 모두 그렇다. 그가 말하는 '나한테 주어진 길'은 결국 그의 삶의 실체적인 모습을 통해 증명된다. 이 모든 과정을 통합적으로 반추해 볼 때, 이 시는 그냥 자연현상에 대한 감상이 아니다. 오히려 앞으로 자신에게 밀려올 운명적 미래에 대한 예감으로 읽혀질 수 있는 것이다.

산모퉁이를 돌아 논가 외딴 우물을 홀로 찾아가선 가만히 들여다봅니다.

우물 속에는 달이 밝고 구름이 흐르고 하늘이 펼치고 파아란 바람이 불고 가을이 있습니다.

그리고 한 사나이가 있습니다.
어쩐지 그 사나이가 미워져 돌아갑니다.

– 「자화상」 부분

1939년 23세 때 쓴 「자화상」의 앞부분이다. '논가 외딴 우물'을 가만히 들여다보는 사나이는, 우물 속에서 맑고 밝은 자연과 계절을 발견한다. 그리고 또 한 사나이를 본다. 그가 미워졌다가 가엾어졌다가 그리워졌다가 하는 것은, 자신이 가진 여러 면모에 대한 다층적 성찰을 의미한다. 그는 이 성찰의 기력으로 일생을 부끄러워하며 또 참회하며 살았다. 그 시대의 운명이 자기 잘못이 아님에도 불구하고. 이러한 시적 상황은 같은 해에 쓴 시 「소년」에서도 마찬가지의 형용을 보여준다. '두 손으로 따뜻한 볼을 씻어 보면 손바닥에도 파란 물감이 묻어난다'라는 표현에서, 시인이 가진 내면의 순후한 심성이 그야말로 물감처럼 묻어난다. 여기 이 시에는 윤동주의 아름다운 동경을 말하는 '아름다운 순이의 얼굴'이 등장한다.

살구나무 그늘로 얼굴을 가리고, 병원 뒤뜰에 누워, 젊은 여자가 흰옷 아래로 하얀 다리를 드러내놓고 일광욕을 한다. 한나절이 기울도록 가슴을 앓는다는 이 여자를 찾아오는 이, 나비 한 마리도 없다. 슬프지도 않은 살구나무 가지에는 바람조차 없다.

나도 모를 아픔을 오래 참다 처음으로 이곳에 찾아왔다. 그러나 나의 늙은 의사는 젊은이의 병을 모른다. 나한테는 병이 없다고 한다. 이 지나친 시련, 이 지나친 피로, 나는 성내서는 안 된다.

– 「병원」 부분

그로부터 한 해 뒤인 1940년 24세에 쓴 「병원」이란 시의 앞부분이다. 이 시에서 일광욕을 하는 '젊은 여자'는 순이와 많이 다르다. 비록 한 해의 차이이지만, 그로써 시인의 의식이나 세상과의 접촉이 한결 확장되었음을 유추하게 한다. 미상불 윤동주는 이 시를 매우 아꼈던 듯하다. 그러기에 준비하던 첫 시집의 제목을 '병원'이라고 붙이려 하지 않았을까. 특히 이 시적 화자에게 침습한 '젊은이의 병'을 늙은 의사는 알지 못한다. 심지어 병이 없다고까지 한다. 그러고 보면 그의 병은 두말할 나위 없이 심정적 동통(疼痛)이다. 이러한 신체적 현상은 그로부터 2년 전인 1938년 22세 때 쓴 「새로운 길」 같은 경쾌한 발걸음의 시에서는 볼 수 없던 것들이다.

정거장 플랫폼에

내렸을 때, 아무도 없어,

다들 손님들뿐,

손님 같은 사람들뿐,

집집마다 간판이 없어

집 찾을 근심이 없어

(중략)

손목을 잡으면

다들, 어진 사람들

다들, 어진 사람들

봄, 여름, 가을, 겨울

순서로 돌아들고

–「간판 없는 거리」 부분

「병원」으로부터 다시 한 해 뒤, 1941년 25세에 쓴 「간판 없는 거리」라는 시다. 이 시의 전체적인 정조 (情調)는 편안하고 여유롭다. 다들 손님이고 손님 같은 사람들뿐이어서 거리에 간판도 없고 집 찾을 근심도 없다. 이들 모두 손목을 잡으면 '다들, 어진 사람들'이다. 계절은 순서대로 돌아든다. 이 시를 두고 후대의 시인 소강석은 윤동주가 가졌던 사해만민(四海萬民)의 화해와 평등의 사상을 반영했다고 보았다. 이를 토대로 소강석은 일본 방문길에, 윤동주가 일본조차도 사랑한 따뜻하고 넓은 가슴의 소유자였다고 역설했다. 아마도 그럴 것이다. 그러기에 많은 일본인이 우리 못지않은 강도로 윤동주를 사랑하고 또 추앙해왔는지도 모른다.

많은 사람이 윤동주를 저항시인으로만 알고 있는데, 소강석의 논리에 따르면 윤동주를 정말 제대로 아느냐 못 아느냐의 차이는 「간판 없는 거리」를 이해하는 해석의 확장성에 달려 있다는 것이다. 일본의 윤동주 연구자인 교토여대 우에노 준(上野潤) 교수는 "이 시는 저항시라고 할 수도 없고 독립운동의 정신을 촉발시키는 시라고 할 수도 없다"고 말했다. 이것은 윤동주 시인이 조국 독립과 해방을 초월해서 전쟁이 없고 이데올로기적인 대립이 없으며 억압과 폭력이 없는 정말 평화로운 세상을 꿈꾸는 시라고 해석하는 것이다. 그처럼 암울한 시대에 윤동주는 이런 시를 통하여, 항일정신을 넘고 국경을 초월하여 온 세상이 평화롭게 사는 희망의 혼을 담았다. 그렇게 예언자적 시요 모든 민족에게 서광을 비추는 위로의 메시지가 그 가운데 있었다.

1-2. 역사의 파고를 넘어선 시

1941년 25세 때 쓴 「십자가」에서부터 윤동주의 시고에 포함된 시들은, 당대 역사의 조류가 밀려오는 그 파고(波高)를 감당하기 시작한다. 시대의 예언자로서 시인은, 비록 자신의 안테나에 확고한 정보가 걸리지 않더라도 이를 알아차리기 십상이다. 그러한 연유로 여전히 시의 문면이 순후하다 할지라도 거기에 담긴 메시지는 예언적이고 운명론적인 모양과 빛깔을 보이게 된다. 「십자가」의 마지막 연 "모가지를 드리우고/ 꽃처럼 피어나는 피를/ 어두워가는 하늘 밑에/ 조용히 흘리겠습니다"와 같은 시적 표현이 바로 그렇다. 이러한 사태에 대한 예감은 1938년 22세 때 쓴 「슬픈 족속」에서도 이미 명확하게 예견되어 있다.

고향에 돌아온 날 밤에
내 백골이 따라와 한방에 누웠다.
어둔 방은 우주로 통하고
하늘에선가 소리처럼 바람이 불어온다.

어둠 속에서 곱게 풍화작용하는
백골을 들여다보며
눈물짓는 것이 내가 우는 것이냐
백골이 우는 것이냐
아름다운 혼이 우는 것이냐

지조 높은 개는
밤을 새워 어둠을 짖는다.

어둠을 짖는 개는

나를 쫓는 것일 게다.

가자 가자

쫓기우는 사람처럼 가자

백골 몰래

아름다운 또 다른 고향에 가자.

- 「또 다른 고향」 전문

1941년 25세 때 쓴 「또 다른 고향」이다. 1941년이
면 윤동주가 연희전문 4학년이었고 태평양전쟁이 발
발하던 해였다. 고향에서 돌아왔으면 명동촌에서 서
울 숙소로 돌아왔다는 것으로 볼 수 있다. 이 시에서
굳이 여러 차례 '백골'을 운위하는 것은, 장차의 운명
에 대한 시인의 예감을 실제적 증빙으로 보여주는 형
국이다. 그런데 이때의 '지조 높은 개'는 무엇이며 또
누구일까. 그 개는 '나'를 쫓는 것이고, '나'는 쫓기우
는 사람처럼 '아름다운 또 다른 고향'으로 가자고 한

다. 그의 기독교 신앙이 일말의 영향을 미쳤다면, 그는 새로운 피안(彼岸)의 세계를 상정하였을 수 있다. 그러나 해석하기에 따라 이 고향은 새로운 조국의 내일에 대한 시인의 갈망일 수도 있을 것이다.

계절이 지나가는 하늘에는
가을로 가득 차 있습니다.

나는 아무 걱정도 없이
가을 속의 별들을 다 헤일 듯합니다.

가슴 속에 하나 둘 새겨지는 별을
이제 다 못 헤는 것은
쉬이 아침이 오는 까닭이요,
내일 밤이 남은 까닭이요,
아직 나의 청춘이 다하지 않은 까닭입니다.

(중략)

윤동주를 다시 만나다

나는 무엇인지 그리워

이 많은 별빛이 내린 언덕 위에

내 이름자를 써 보고

흙으로 덮어 버리었습니다.

딴은 밤을 새워 우는 벌레는

부끄러운 이름을 슬퍼하는 까닭입니다.

그러나 겨울이 지나고 나의 별에도 봄이 오면

무덤 위에 파란 잔디가 피어나듯이

내 이름자 묻힌 언덕 위에도

자랑처럼 풀이 무성할 거외다.

- 「별 헤는 밤」 부분

역시 1941년 9월에 쓴 시 「길」에서, 쳐다보면 부끄
럽게 푸른 하늘 아래에서 '내가 사는 것은, 다만, 잃
은 것을 찾는 까닭'이라고 하던 시적 화자가 있다. 그
런데 11월에 쓴 「별 헤는 밤」에서는 그 탐색의 대상

을 명료하게 확정하고 있다. 시인의 하늘은 가을로 가득 차 있다. '가을 속의 별들'을 헤는 시인의 심사는 단순한 별이 아니라 자기 삶의 인연과 곡절과 애환을 모두 헤아리는 것인지도 모른다. 시의 결미로 가면 시인은 '이 많은 별빛이 내린 언덕' 위에 '내 이름자'를 써 보고 흙으로 덮어버렸다. 그러나 겨울이 지나고 봄이 오면 그 이름자 묻힌 언덕 위에 '자랑처럼 풀이 무성할' 것이라고 예견한다. 연약하면서도 완강하고 처절하면서도 아름다운 고백의 시다.

많은 이들이 이 시를 두고, 문약한 서정의 시인 윤동주가 조국 광복의 그 날을 염원하는 시적 표현을 이렇게 남겼다고 상찬(賞讚)한다. 당연히 맞는 말이다. 시인은 예언자다. 시인은 정치적으로 선동하는 말을 하지 않고 과학적으로 증명 가능한 말을 하지도 않는다. 그는 비유와 상징으로 말하며, 구체적인 언표(言表)를 싫어하고 다만 암시할 뿐이다. 그렇게 본다면 윤동주의 이 시는, 충분히 자신과 자신이 속한 민족 공동체의 내일에 대한 예언의 언어일 수 있는 것이다. 한 마디만 자기 부정을 행하였더라면 살아날

길이 있었는데도, 그는 일제에 타협하지 않고 묵묵히 죽음의 길로 걸어갔다. 그 눈물겨운 사건의 경과에 비추어 보면, 「별 헤는 밤」이야말로 예언 문학의 명시요 명문이다.

1-3. 자선 시고 편집 후에 쓴 시

윤동주가 스스로 편집한 '하늘과 바람과 별과 시'에 포함된 시들과 그 이후의 시들을 구분하는 것은 기실 큰 변별적 의미가 없다. 시고 편집 후에도 1941년에서 1942년 사이에 그는 「간」, 「참회록」, 「흰 그림자」, 「흐르는 거리」, 「사랑스런 추억」, 「쉽게 씌어진 시」, 「봄 2」 등 7편의 시를 남겼다. 이 가운데서 우리가 마땅히 주목해야 할 시는 「참회록」과 「쉽게 씌어진 시」가 아닐까 한다. 「참회록」은 1941년 일본 유학을 위해 창씨개명을 한 직후에 쓴 시로, 당시의 사태를 바라보며 자각하는 시인의 생각과 그 함의(含意)가 만만치 않다. 「쉽게 씌어진 시」는, 수감 이후의 윤동주가 더 이상 시를 쓰지 않았다는 사실에 견주어

보면 그의 마지막 작품이라는 무게가 간단치 않은 것이다.

파란 녹이 낀 구리 거울 속에
내 얼굴이 남아 있는 것은
어느 왕조의 유물이기에
이다지도 욕될까.

나는 나의 참회의 글을 한 줄에 줄이자.
— 만 이십사 년 일 개월을
무슨 기쁨을 바라 살아왔던가.

내일이나 모레나 그 어느 즐거운 날에
나는 또 한 줄의 참회록을 써야 한다.
— 그때 그 젊은 나이에
왜 그런 부끄러운 고백을 했던가.

밤이면 밤마다 나의 거울을
손바닥으로 발바닥으로 닦아 보자.

그러면 어느 운석 밑으로 홀로 걸어가는

슬픈 사람의 뒷모양이

거울 속에 나타나 온다.

　- 「참회록」 전문

　시인은 '파란 녹이 낀 구리 거울'에 얼굴을 비추어 본다. 그 얼굴을 보며 '어느 왕조의 유물'이기에 이다지도 욕될까 하고 반문한다. 그런데 이렇게 거울에 자신의 얼굴을 비추어 보는 것은 시적 표현 그대로 '나의 참회'를 위해서다. 시인은 '내일이나 모레나 그 어떤 즐거운 날'에도 계속해서 참회록을 써야 할 것이라고 내다본다. '밤이면 밤마다' 그리고 '손바닥으로 발바닥으로' 거울을 닦아보아도 그 욕됨이 지워질 가능성은 없다. 시인은 마침내 '어느 운석 밑으로 홀로 걸어가는 슬픈 사람의 뒷모양'만 볼 수 있을 뿐이다. 만약 윤동주가 이 시를 쓰지 않았으면 어땠을까. 그래도 이렇게라도 대사(代赦) 행위를 동반했기에 그 이후의 날들을 견딜 수 있지 않았을까.

창밖에 밤비가 속살거려

육첩방(六疊房)은 남의 나라,

시인이란 슬픈 천명(天命)인 줄 알면서도

한 줄 시를 적어 볼까,

땀내와 사랑 내 포근히 품긴

보내 주신 학비 봉투를 받아

대학 노트를 끼고

늙은 교수의 강의를 들으러 간다.

(중략)

인생은 살기 어렵다는데

시가 이렇게 쉽게 씌어지는 것은

부끄러운 일이다.

육첩방은 남의 나라,

창밖에 밤비가 속살거리는데,

등불을 밝혀 어둠을 조금 내몰고,
시대처럼 올 아침을 기다리는 최후의 나,

나는 나에게 작은 손을 내밀어
눈물과 위안으로 잡는 최초의 악수.

- 「쉽게 씌어진 시」 부분

  윤동주 생애 마지막 시 「쉽게 씌어진 시」는 1942년
6월에 창작되었으므로, 도쿄의 릿교대학을 다닐 때의
일이다. 그로부터 넉 달이 지난 10월 교토의 도시샤
대학으로 전학했으니, 도쿄의 다카다노바바역 부근
에서 나중에 북한의 대표적인 문인이 된 백인준과 함
께 하숙을 할 때였다. 그 자신도 자신의 운명을 명확
히 알지 못했겠으나, 마지막 시인 만큼 이 시에는 일
본식 다다미 방에서 '시인이란 슬픈 천명'을 자각하
며 그래도 시를 쓰고 강의를 들으러 간다. 시인은 '시

가 이렇게 쉽게 씌어지는 것은 부끄러운 일'이라고 단언한다. 그는 '시대처럼 올 아침을 기다리는 최후의 나'를 예감한다. 동시에 그 '나'를 눈물과 위안으로 응대하는 악수를 한다. 스스로 미리 지낸 자신과의 화목제(和睦祭)가 바로 이 시다.

2. 산문이 말하는 시인의 심성

윤동주는 시인이지만, 시만 쓴 것이 아니다. 그가 남긴 산문 네 편이 있기에 하는 말이다. 그 중 「달을 쏘다」는 1939년 23세 때 《조선일보》 1월 23일 자에 발표된 것으로 확인할 수 있다. 그러나 「별똥 떨어진 데」, 「화원(花園)에는 꽃이 핀다」, 「종시(終始)」 등 세 편은 그의 전기를 면밀히 검토한 결과 「달을 쏘다」와 같은 해인 1939년에 창작되었을 것으로 추정될 뿐 정확한 서지로 판별할 수가 없다. 산문은 구체적인 담론으로 풀어서 말하기 때문에, 시보다 훨씬 더 용이하게 글쓴이의 의도에 접근할 수 있다. 여기에서는

「달을 쏘다」라는 이 한 편의 산문을 통해, 윤동주가 가졌던 시대와 삶에 대한 의식을 더욱 면밀하게 살펴보려 한다.

나의 누추한 방이 달빛에 잠겨 아름다운 그림이 된다는 것보다도 오히려 슬픈 선창이 되는 것이다. 창살이 이마로부터 콧마루, 입술, 이렇게 해서 가슴에 여민 손 등에까지 어른거려 나의 마음을 간질이는 것이다. 옆에 누운 분의 숨소리에 방은 무시무시해진다. 아이처럼 황황해지는 가슴에 눈을 치떠서 밖을 내다보니 가을 하늘은 역시 맑고 우거진 송림은 한 폭의 묵화다. 달빛은 솔가지에 솔가지에 쏟아져 바람인 양 쏴―소리가 날 듯하다. 들리는 것은 시계 소리와 숨소리와 귀또리 울음뿐 벅적하던 기숙사도 절간보다 더 한층 고요한 것이 아니냐?

– 「달을 쏘다」 부분

깊은 밤의 잠자리에 휘황한 달밤의 상념으로 시작

된 글이다. 만감이 교차하는 가운데 '옆에 누운 분의 숨소리'에 방이 무시무시할 정도다. 그러나 밖을 내다보는 눈에는, 윤동주 특유의 자연 경물 가운데서 아름다움을 찾아내는 촉수가 작동하고 있다. 화자인 글쓴이는 '바다를 건너온 H군의 편지 사연'을 곰곰 생각하고 있다. 그의 편지는 마치 한 편의 시처럼 여러 표현법을 동원하고 있다. 화자는 새삼스럽게 그와의 우정을 생각한다. 그 편지에 서운한 바가 있어도 '이 죄는 가을에게 지워' 보내겠다고 다짐한다. 화자는 자신을 홍안서생(紅顔書生)이라 호명하면서 '알뜰한 동무 하나 잃어버린다는 것이 살을 베어내는 아픔'임을 자각한다.

나는 나를 정원에서 발견하고 창을 넘어 나왔다든가 방문을 열고 나왔다든가 왜 나왔느냐 하는 어리석은 생각에 두뇌를 괴롭게 할 필요는 없는 것이다. 다만 귀뚜라미 울음에도 수줍어지는 코스모스 앞에 그윽히 서서 닥터 빌링스의 동상 그림자처럼 슬퍼지면 그만이다. 나는 이 마음을 아무에게나 전가시킬 심보는 없다. 옷깃은

민감이어서 달빛에도 싸늘히 추워지고 가을 이슬이란
선득선득하여서 설운 사나이의 눈물인 것이다.

- 「달을 쏘다」 부분

화자는 다시 자신의 심화(心火)를 다스리고 자연 친
화의 원래 자리로 복귀한다. 바로 이 대목에 윤동주
의 결이 고운 심성이 녹아 있다. 다른 사람과의 관계,
방향이 다르게 펼쳐지는 일을 대하는 태도, 더 나아
가 자신의 삶과 운명에 관한 판단조차 온순하고 선량
하게 받아들이는 청년 문사의 기질이 그것이다. 그는
이 기질로 인하여 송몽규처럼 총을 드는 길을 지향하
지는 않았으나, 그렇다고 총의 위력 앞에 굴복하는
비겁자의 길로 가지도 않았다. '글은 곧 그 사람'이라
는 역사주의 비평가들의 고색창연한 논제가 있거니
와, 이 산문 한 편은 그 어떤 주의 주장보다도 더 잘
'인간 윤동주'를 증명한다. 다른 세 편의 산문 또한
그 성향에 있어서 이와 대동소이하다.

Ⅲ. ㅅㄱㅅㅇㅂㄹㅂㅇㄷㅈ

Ⅲ. 소강석이 바라본 윤동주

Ⅲ. 소강석이 바라본 윤동주

1. 윤동주를 기리는 철혈의 열정

1-1. 시인 소강석이 윤동주에 이른 길

시인 윤동주가 여린 감성과 강철 같은 의지로 일제 강점기를 거치고, 또 조국 광복을 여섯 달 앞둔 시점에서 유명(幽明)을 달리한 것은 익히 알려진 바와 같다. 그런 연유로 우리 문학에는, 그리고 우리 역사에 대한 반성적 성찰의 안테나를 세우고 있는 사람들 사이에는, 많은 윤동주 추종자가 있다. 여기서 살펴보려 하는 시인이자 목회자 소강석 또한 그 가운데 한 사람이다. 소강석은 1962년 전북 남원 출생이다. 그 자신의 표현에 의하면, "어린 시절, 황순원의 「소나기」 소년처럼 고무신을 신고 바람개비를 돌리며 자랐다." 고등학교 때 기독교 신앙에 빠졌고, 마침내 신적 소명을 받아 신학을 했다. 이와 같은 이력은 그의 윤동주에 대한 경도(傾度)와 깊은 관련이 있다.

집안에서는 그의 길을 반대했다. 집을 나와 고학을 하며 신학교를 마친 그는 전남 화순에서 교회를 개척했고, 경기의 분당을 거쳐 죽전에 이르기까지 맨바닥에서 기적 같은 교회의 부흥을 이끌었다. 그는 현재 교인 5만 명에 이르는 죽전 새에덴교회의 담임목사로서, 헤아리기 어려울 만큼 많은 교계의 직함과 사회적 활동을 보이고 있다. 곁에서 지켜보기로는, 그에게 영일(寧日)이 없고 매시간 분초를 다투며 산다. 항차 그는 많은 책을 읽고 12권의 시집을 상재했으며, 지금도 시를 쓰고 있는 현역 시인이다. 지금 이 글에서 주목하는 것은 큰 이름을 가진 목회자로서의 이력이 아니라 시인 소강석이며, 그 치열한 시적 열정이 어떻게 윤동주 사랑으로 전화(轉化)되었는가에 있다.

그의 설교는 문학적 또는 인문학적 감성으로 충일

하고, 설교자 자신도 그것이 몸에 잘 맞는 옷처럼 익숙해 보인다. 이러한 바탕 위에서 발현된 윤동주의 생애와 시에 대한 지향이기에, 힘이 있고 설득력이 있다. 그는 한갓 구두선(口頭禪)이나 도상(圖上) 연구에 그치지 않고, 실제적으로 윤동주를 현양하고 그 사후(死後)의 자리를 돌보는 데까지 나아갔다. 그동안 이름이 높았던 문학계의 원로들이나 문학 연구자들, 특히 윤동주 전문가로 자처하는 이들 가운데 어느 누구도 실행하지 못했던 일들을 그를 통해 보게 되었다. 그의 산문집『별빛 언덕 위에 쓴 이름』에는 이러한 정황이 잘 나타나 있다. 더 나아가 그의 시집『다시, 별 헤는 밤』에는 시인과 윤동주의 대화, 시인의 입을 빌려 밝히는 윤동주의 심경, 또 두 시인 간의 풋풋하고 애틋하고 정겨운 교감이 시의 갈피 갈피마다 잠복해 있다.

이 글에서는 먼저 산문집『별빛 언덕 위에 쓴 이름』과 더불어, 소강석과 윤동주의 만남 그리고 소강석이 보여준 사유(思惟)의 범주와 실행의 반경을 살펴보게 될 것이다. 그가 시간 및 공간의 간극을 넘어 윤동주를 어떻게 받아들였으며, 이제는 먼 하늘의 별과 같은 존재가 된 윤동주에게 어떤 사랑을 어떻게 공여하였는가를 검색해 보려 한다. 그런 연후에 항을 달리하여 그의 시집 『다시, 별 헤는 밤』을 대상으로 주제론적 분석과 비평의 순차적인 과정을 밟아 나가려 한다. 처음부터 문학의 본바닥에 발을 두고 출발한, 본격적인 문학 수업을 거친 시인은 아니었으나, 그는 이미 돌이킬 수 없는 시인의 길에 들어섰다. 그러므로 이 글은 목회자 소강석이 아니라 시인 소강석에 초점을 맞춘 문학적 반사의 거울이 될 것이다.

1-2. 별빛 언덕 위에 그 이름 쓴 이유

소강석 산문집 『별빛 언덕 위에 쓴 이름』에는 '윤동주 탄생 100주년, 별이 된 시인을 찾아 떠난 시인의 여정'이란 부제가 붙어 있다. 당연히 앞의 시인은 윤동주이고 뒤의 시인은 소강석이다. 이 산문집은 이를테면 에세이로 쓴 윤동주 평전이다. 여기에는 어려운 이론이나 학술적인 접근이 전혀 없다. 윤동주의 생애와 문학을 좇아 두 발로 뛰고 직접 눈으로 본 경험의 기록으로 점철되어 있다. 그렇게 그는 목회자로서 자신의 절대자를 만났듯이 시인 윤동주를 만났다. 그리고 그 경과 과정을 기록으로 남김으로써 오늘의 우리가 지나간 역사의 하늘에 별빛처럼 빛나는 시인 윤동주를 다시, 새롭게 만날 수 있도록 해주었다. 실로 강고한 소망과 의지가 없었더라면 불가능한 일이기도 했다. 이 책의 서문에서 소강석은 이렇게 썼다.

윤동주 탄생 100주년을 맞아 국민의 한 사람으로서, 시를 쓰는 시인으로서, 기독교 세계관을 가진 목회자로서 윤동주의 시 세계를 새롭게 추적하고 싶었다. 그래서 윤동주 관련 평전과 연구 서적을 탐독하고 직접 용정을 여러 번 방문하였을 뿐만 아니라 일본의 릿쿄대학, 도시샤대학, 후쿠오카 감옥 등을 두루두루 방문하였다. 그리고 윤동주의 육촌 동생인 가수 윤형주와 윤동주의 벌거벗은 무덤에 뗏장을 입히고 그 앞에서 깊은 대화를 나누기도 했다. 그 결과, 윤동주야말로 기독교 정신을 바탕으로 하여 민족의 아픔과 상처를 시로 표현한 예언자적 저항시인이라는 결론에 이르게 되었다.

그의 판단으로, "언뜻 보면 윤동주는 청록파 시인처럼 시대 저항과는 아무 상관 없이 하늘과 바람과 별을 바라보며 순수한 서정만을 노래한 것"처럼 볼 수 있다. 그러나 윤동주의 본질은 그 외형의 모습과 다르다는 것이 그의 관점이다. 그러기에 "일제강점기를 불운하게 살다 별빛처럼 스러진 예언자적 저항시인"이라 명명하는 것이다. 그가 윤동주에게로 가는 길은 매우 정성껏 준비된 과정을 거쳤다는 후감이 있다. 그는 대한제국 말기의 시대상과 일제의 침탈을 '암전된 역사의 슬픈 애가'라 호명하고 출발한다. 이어서 한일합방 이후 36년간 우리나라를 강제로 지배한 일본에 대해 울분과 비판을 감추지 않는다. 그와 같은 암울한 현실의 지평 위에서 '별의 시인 윤동주'가 태어났기 때문이다.

일본의 윤동주 연구자 우에노 준(上野 潤) 교수는 윤동주를 '예언시인'이라 호명했고, 아예 『예언시인 윤동주—일본 시인이 만난 그의 묵시세계』라는 저서를 출간하기도 했다. 그의 논리에 따르면 윤동주의 예언은 조국과 민족의 앞날에 대한 희망일 수밖에 없고, 결국 윤동주가 항일 저항시인이라는 귀결을 도출하게 된다. 소강석의 분석에 의하면 윤동주가 저항시인의 길을 걷게 된 배경은 크게 두 가지가 있다. 첫째 애국지사들이 모여 살던 명동촌에서 할아버지와 외삼촌의 영향을 받은 것이고, 둘째 그 가슴에 순결한 기독교 정신을 품고 있었던 까닭에서였다. 이 두 가지의 사유는 문면(文面)으로 간략하게 정리되었으나, 그 배면에는 실로 필설이 다 형용하지 못하는 시대사적 질곡과 동통(疼痛)이 임립(林立)해 있었을 것이다.

소강석은 윤동주의 소년 시절 초기 시 세계를 두고 순수 서정의 문학적 표현이라고 진단했다. 비교적 유복한 어린 날과 소년의 시기를 보내면서, 그리고 일제의 촉수가 다른 지역보다 덜 미치는 명동촌에서의 성장기에, 그 순후한 자연을 바라보면서 지은 시들이기에 아마도 당연한 일이었을 것이다. 이 평온한 소년기의 일상은, 그가 청년기로 접어들면서 그대로 삶의 안정성을 담보하는 날들로 이어지지 못했다. 소강석은 윤동주의 연희전문 시절이 '시의 불꽃이 점화'된 가장 빛나는 역정(歷程)이라고 보았다. 그러나 그렇게 빛나는 순간은 여전히 일제강점기의 억압 가운데 지식인 청년의 울혈을 더하던 때였고, 그에 대한 대응의 방식으로서 시가 자아 성찰과 기독 정신과 나라 사랑의 징표들을 포괄하고 있었다.

특히 일제의 압박이 가장 극심하던 시기에 씌어진 「십자가」나 「서시」는, 겉보기에 종교적 함의나 자연 친화의 인생론을 표방하고 있는 것 같지만, 여기에 가장 엄중한 저항정신의 요체가 들어있다는 것이 소강석의 시각이다. 소강석이 윤동주 탄생 100주년을 기념하는 KBS 특집 다큐멘터리 촬영을 위해 일본에 갔다가 '윤동주를 사랑하는 모임'의 사람들을 만났더니, 그들 대부분이 「서시」를 "자연의 서정과 인간의 보편적 가치를 노래"한 시로 알고 있더라는 것이다. 소강석은 그들에게 "윤동주는 한 젊음을 고뇌하고 방황하는 순수 서정시인을 넘어서 민족을 사랑하고 또 양국의 평화를 기원하며 진정한 대한독립을 기원하며 시를 썼던 애국 저항시인"이었다고 설명했다. 그

들은 마침내 '제국의 만행'을 스스로 고백하며 미안
해했다.

소강석은 윤동주가 「십자가」와 「서시」의 중간에 쓴
시 「자화상」을 주목했다. '산모퉁이를 돌아 논가 외
딴 우물'을 찾아가는 사나이처럼, 소강석은 용정의
용두레 우물을 들여다보며 윤동주와 그의 시 「자화
상」을 되새겼다. 윤동주의 자아 성찰이 궁극적으로
나라 사랑의 정신에 잇대어져 있음을 감각하게 하는
시다. 연희전문 시절에 윤동주가 쓴 시 「병원」, 그리
고 그가 첫 시집의 제목으로 내세우려 했던 '병원'을
두고 소강석은 "조국이 처한 상처와 아픔의 시대적
현실을 환자들이 모인 병원이라는 공간으로 이미지
화하고 싶었을지도 모른다."고 해석했다. 병원은 나
라만의 문제가 아니었다. 대동아전쟁의 막바지에 이
른 온 세계가 그러했고, 집안 어른들의 결정을 따라
일본 유학을 앞둔 윤동주의 사정 또한 그러했다.

일본으로의 유학은 윤동주의 생애에 중요한 전환점
을 이룬다. 그의 사촌이자 평생의 동반자 송몽규 또
한 함께 떠난다. 그런데 유학을 가자면 반드시 창씨

개명을 해야 했다. 이 고통스러운 심경을 담은 시가 「참회록」이었다고 소강석은 진단했다. 소강석은 이 단계의 윤동주에게서 더 멀리 내다보아야 할 또 하나의 시적 차원이 있다고 보았다. 그것은 "세계열강의 야만적 폭력과 침탈이 사라지고 러시아, 중국, 일본, 대한제국도 함께 평화롭게 어우러져 사는 이상세계를 추구한 것"이라고 보고 이러한 염원을 표현한 시가 「간판 없는 거리」라고 평가했다. 기실 이 대목은 앞으로의 윤동주 연구에 있어 보다 적극적인 탐색이 요구되는 측면이 없지 않다.

소강석의 눈으로 보자면, 윤동주는 결코 저항시만을 목표로 하지 않았다. "그는 자신의 시 세계가 좁고 황량하다는 것을 알고 있었다." 그와 같은 시각에 의하면, 윤동주가 일본 유학을 두고 외면적으로 자신의 세계를 더 확장하고 내포적으로 자신의 내면에 대한 성찰을 더 깊이 있게 하는 새로운 계기로 받아들였을 것 같다. 그런데 릿교대학 재학 당시의 윤동주는 교련 수업을 거부한 것으로 알려져 있고, 사정이 그러하다면 그의 유학 생활은 도저히 평탄할 수 없었을 것으로 여겨진다. 소강석은 이를 두고 "어쩌면 스스로를 보이지 않는 감옥에 수감 시키고 철저하게 심리적 충돌과 저항을 하였는지도 모른다."고 유추했다.

윤동주의 릿교대학 체재는 6개월 남짓했고, 그다음에는 교토에 있는 도시샤대학으로 옮겨 간다. 거기는 윤동주가 오래전부터 흠모하던 정지용의 행적이 있는 곳이다. 그때 교토에서 대학을 다니고 있던 송몽규와 재회하면서, 이들의 저항 의지와 조국 독립을 향한 불씨가 점화되었을 것으로 보인다. 도시샤대학 교정에는 1995년 윤동주를 사랑하는 일본인들이 앞장서 세운 윤동주 추모 시비가 있고, 거기에는 식민지 조선 청년의 애환이 담긴 「서시」가 새겨져 있다. 소강석은 이 시비 앞에서 가슴 뭉클한 감동을 받았고 눈시울을 적셨다. 후대의 한 목회자요 시인이 앞선 세대 시인의 행적을 찾아 그 마음의 정성을 다하는 장면 또한 그와 같은 감동을 불러온다.

윤동주는 감옥에 수감 된 이후에는 시를 남기지 않았다. 그러므로 도시샤대학에 있을 때 쓴 「쉽게 씌어진 시」가 그의 마지막 작품이 되는 셈이다. 소강석은 이 시가 "일제 치하에서 압제당하며 살아가는 고국의 동족들을 생각하며 쓴 시"라고 보았다. 윤동주가 도시샤대학에서 보낸 시간은 1년 정도였다. 이미 오래전부터 요시찰 인물이었던 송몽규와 함께 늘 경찰의 감시를 받았으나, 교토에서 이들은 독립운동을 모의한 것으로 알려져 있다. 두 사람의 기질과 행동반경을 압축하여, 소강석은 '꽃을 든 남자 윤동주, 총을 든 남자 송몽규'라는 수사(修辭)를 동원했다.

『동주』라는 영화에서는, 송몽규가 윤동주에게 이렇게 말한다. "너는 시를 써라, 총은 내가 들 거니까." 윤동주와 송몽규는 시대를 보는 시각과 그 시대에 대한 반응 방식이 서로 달랐지만, 문필을 사랑하고 민족애가 넘치는 가슴의 빛깔은 매한가지였다. 소강석은 일본에서의 윤동주 탐사 중에, 이 두 소중한 청년을 죽음으로 몰고 간 당시 일본 법원의 죄목이 무엇이었는지 궁금했다. 다행히 그 재판 판결문이 공개되어 있고 거기에 윤동주의 주장이 행적으로 자세히 기록되어 있었다. 다음은 일본 법원이 본 윤동주의 주장이다. 일본 법원의 판단을 통해 윤동주를 객관화하여 볼 수 있는 자료인 것이다.

"일본의 전쟁 병력 동원을 막기 위해서는 먼저 조선 민족을 해방시켜야 하고 조선이 일본의 통치로부터 벗어나기 위해서는 조선을 독립 국가로 건설하는 수밖에 없다."

소강석은 윤동주가 "일본이 반드시 패망할 것으로 믿고 있었고, 언젠가는 그 기회를 잡아서 반드시 조선은 독립해야 한다."는 신념을 갖고 있었다고 확신했다. 그러기에 일본 정부 입장에서는 위험한 인물이 아닐 수 없었다는 것이다. 결국 윤동주는 1944년 3월 31일 당시 치안유지법 위반자로서는 가장 무거운 형량인 징역 2년 형을 선고받고 투옥되었고, 송몽규 역시 같은 형을 받았다. 윤동주는 "자신의 행위를 한 번만 부인하면 목숨을 구해주겠다."고 하는 이시이 히라오 부장판사의 회유를 거절하고 감옥으로 갔다. 결국 윤동주는 조국 광복을 여섯 달 앞두고 옥사하였으며, 그로부터 마지막 발악을 하던 일제는 패망의 길을 걷다가 '무조건 항복'을 했다.

소강석은 이 산문집『별빛 언덕 위에 쓴 이름』과 시집『다시, 별 헤는 밤』을 통해, 윤동주의 시 세계를 추적하며 이른바 '평전 시'의 글쓰기 양식을 선보였다. 윤동주가 후쿠오카 감옥에서 일주일에 볼펜과 엽서 한 장만 공급받고 그나마 모든 글을 검열받아야 했던 상황을 반추하면서, 소강석은 대상과 일체화를 이루는 방식으로 그의 통절한 심사를 대변하는 한 편 한 편의 시를 써 나갔다. 그러므로 소강석이 쓴 윤동주 평전 시에는 시적 대상을 향한 존경과 동경, 안타깝고 아픈 마음이 절박한 감동으로 숨어 있다. 외롭고 추운 감옥에서, 또 한 줌의 재가 되어 고향 용정으로 돌아왔을 때, 소강석은 「후쿠오카 감옥에서」와 「별의 개선」이라는 시로 윤동주를 대변했다.

용정의 윤동주 무덤을 찾아간 소강석은 그 최초 발견자가 한국인도 조선족도 아닌 일본 와세다대학의 오무라 마스오 교수였다는데 놀랐다. 더 충격적인 사실은, 그 무덤이 야산에 버려져서 완전히 방치된 상태였으며, 봉분에 풀 한 포기 없는 민둥의 모양이었다는 데 있었다. 소강석은 타국에서의 어려운 환경을 무릅쓰고 경비를 들여 그 무덤에 뗏장을 입혔다. 나라도 가족들도 하지 않은 일이었다. 소강석은 문득 「별 헤는 밤」의 마지막 대목을 떠올렸다. 일찍이 윤동주의 후배 정병욱이 말미가 허술한 느낌이 든다고 보완하자 했던 바로 그 네 행이다.

그러나 겨울이 지나고 나의 별에도 봄이 오면
무덤 우에 파란 잔디가 피어나듯이
내 일홈자 묻힌 언덕 우에도
자랑처럼 풀이 무성할 게외다

소강석은 이 무덤 앞에서 두 편의 조시(弔詩)를 바쳤다. 윤동주의 무덤 옆에는 일생의 벗이었던 송몽규의 무덤도 있다. 일본 제국주의자들의 눈으로 보면 윤동주는 오갈 데 없는 반역자였지만, 우리 민족 문학의 바탕 위에서 보면 한 세기에 한 번 날까 말까 하는 순수 서정과 자아 성찰로 충일했던 시인이요, 기독 신앙과 나라 사랑으로 편만했던 시인이었다. 그를 기리고 본받는 일이 어떻게 소강석 시인 한 사람의 소임일 것이며, 온 나라의 지성과 문학이 함께 나서지 않아서 될 것인가를 반문하지 않을 수 없다.

윤동주에 대한 실증적 탐색과 심층적 연구에 뒤이어, 소강석은 그를 기리는 여러 편의 시를 계기마다 써서 우리에게 넘겨주었다. 소강석의 시 「윤동주 생가에서」, 「은진중학교에서」, 「윤동주 이후…」, 그리고 「용정의 바람」 등은 모두 그러한 인식과 행위의 소산이다. 그렇게 윤동주를 기리는 마음으로, 소강석은 2016년 11월 1일 예술의전당 콘서트홀에서 개최된 '겨레사랑 2016 한국가곡 페스티벌'에서 「윤동주 추모곡」을 작사 작곡하여 발표하였다. 한국 교단의 이름있는 목회자 시인이 글을 짓고 곡을 입힌 이 노래의 결미는 이렇다.

아 그리운 님이여
상념의 바람이여
변함없는 별빛이여
하늘과 바람과 별과 시여

동주여, 그대 젊음의 핏빛 영혼이여

이제까지 우리가 성의를 다해 살펴보기로는, 소강석의 윤동주 사랑이 그냥 일회성에 그치거나 자신의 이름을 드러내려는 기회주의 또는 영웅주의와는 전혀 관계가 없음을 알 수 있었다. 그는 그야말로 옛 시골 소년과 같은 순수하고 계산 없는 심경으로 윤동주를 흠모하고 그리워하고 안타까워하고 가슴 아파했다. 그의 내면에 자리 잡고 있는 시인으로서의 서정적 언어들, 목회자로서 일상의 생활이 된 자아의 성찰, 한국 교계 지도자로서 기독교 신앙에 대한 경의, 그리고 국가와 민족을 걱정하고 보살피려는 나라 사랑하는 마음이 윤동주의 그것과 동일체를 이룬 연유가 아닐까 한다. 윤동주의 시에 잠복해 있는 그 네 가지 정신이 그의 시에도 그대로 이어지고 있음이 그 반증이 된다. 우리는 이러한 인식의 토대 위에서 소강석의 시들을 구체적으로 검색해 볼 것이다.

2. 『다시, 별 헤는 밤』 깊이 읽기

『다시, 별 헤는 밤』은 2017년에 발간된 소강석의 시집이다. 그러나 이 시집은 소강석만의 시집이 아니다. 하나의 몸 안에 두 개의 정신이 담겨 있는 경우가 있다면, 이 시집이 바로 그렇다.

시인 소강석은 오로지 윤동주를 생각하며 그 생각을 시로 변환하는 일념을 가지고 여기에 수록된 시들을 썼다. 때로는 윤동주와 깊이 교감하고, 또 때로는 자신의 입을 윤동주에게 빌려주어 그의 내면적 음성을 담아냈다.

그러므로 이 시집의 저자는 '윤동주와 소강석'이라고 하는 것이 맞다. 4부로 구성되어 모두 54편의 시가 실려 있고 각 부별로 윤동주의 생애를 뒤따라가며 '평전 시'의 성격을 보여준다.

이제는 우리가 이 시집의 대표적인 시들을 주제론적 시각으로 만나볼 차례다.

2-1. 명동촌과 용정에서의 성장기

윤동주의 「서시(序詩)」는 연희전문 시절 생애 첫 시집을 내기 위해 그야말로 '서시'로 썼던 작품이다. 당시의 주변 환경과 여건으로 인하여 윤동주는 시집을 내지 못했고, 결국 그의 사후에 유고 시집으로 출간되었다. 당연히 「서시」는 그 시집에 실렸다. 소강석은 윤동주의 「서시」를 수준 높은 표현과 강인한 정신을 함께 갖춘 작품으로 보고, 어쩌면 시인 자신의 심경을 가장 잘 반영하고 있는 시적 진술이라고 생각했다. 그래서 소강석의 「서시」와 「서시, 이후…」가 있는 것이다. 기독교 목회자로서 소강석은 '착한 한 마리 양'과 '님을 향한 순정' 그리고 '순백의 사랑'을 소환한다(「서시」). 거기 자신의 심경이 가진 경사(傾斜)와 윤동주의 그것이 만나는 지점이 있기 때문이다.

윤동주 이후
우리 모두는 가슴에 시 한 편 가졌다
아무리 시에 관심 없고

문학에 문외한인 사람일지라도

(중략)

서시(序詩)는 지금도
모든 죽어가는 것들을 사랑하는
우리 가슴속 별이 되어
바람에 스치운다

– 「서시, 이후…」 부분

　'윤동주 이후 우리 모두는 가슴에 시 한 편 가졌다'
라는 선언은, 시인 소강석이 「서시」를 평가하는 강도
를 반영한다. 「서시」가 그 표면에 두르고 있는 자연
친화의 사상이든, 그 내면에 숨기고 있는 항일저항의
의지이든, 시 자체의 수준과 완성도를 돕는 요인이
되고 있기에 그렇다. 시인은 우리가 '어머니의 손수
건 같은 시 한 편'을 가지게 되었다고 술회한다. 세상
에 어머니의 손수건과 같이 부드럽고 강인하며, 아프

고 슬픈 존재가 다시 또 있을까. 더욱이 윤동주처럼 타국 땅에서 생때같은 목숨을 내놓아야 하는 형편이라면 더 말할 나위가 없다. 그 각기의 시 한 편이 '모든 죽어가는 것들을 사랑하는 우리 가슴속 별'이 되어, 윤동주의 별이 그러했듯이 지금도 바람에 스치운다는 것이다.

당신이 이곳에서 별을 보며
사색에 잠기던 때
나는 라디오에 심취해 있었습니다
잎새에 이는 바람 소리에도
시대의 소명을 감지하던 때
나는 바람개비를 날리며 뛰어다녔지요

(중략)

당신은 없고 영혼의 제단에 올려진
시들이 제물이 되어 화제(火祭)로만 타오르고 있어
제단 위에 타오르는 헌상의 시들을

차마 가져갈 수는 없고

타다남은 잿가루를

한 움큼 가져가겠습니다

　

- 「윤동주 생가에서」 부분

윤동주의 생가를 찾아간 시인은, 그의 날과 자신의 날을 대비해 보며 이제 가고 없는 그를 그리워한다. 이 양자 간의 상거(相距)는 옛이야기처럼 아득히 멀기도 하고 어제오늘의 일처럼 지척으로 느껴지기도 한다. 시인은 자신이 '죄인'이 되어 찾아왔다고 고백한다. 과연 시인이 죄인일까. 물론 아니다. 이 아름다운 시인 하나를 온전히 지켜내지 못한 민족사의 부끄러움을 대신하는 말이다. 그 올곧은 정신을 이어받겠다는 약속을, 시인은 '타다 남은 잿가루를 한 움큼' 가져가겠다는 언사로 대신한다. 시인은 다시 윤동주의 우물을 찾아간다. 「동주의 우물가에서」라는 시는, 익히 알려진 윤동주의 「자화상」에 잇대어 쓴 시다.

산모퉁이 외딴 우물 하나

하늘과 구름, 달과 별이 빛나는 우물 위로

잎새에 이는 바람이 스쳐 지나가고

난, 외로운 동주처럼

혼자 말없이 우물을 바라봅니다

(중략)

돌을 던지면 사라졌다가

파문이 잔잔해지면 다시 나타나

나를 바라보는 그대

동주,

내 마음속 깊고 푸른 우물 하나

– 「동주의 우물가에서」 부분

「자화상」의 시적 화자가 그러했듯이 이 시의 시적
화자도 꼭 같은 포즈로 우물을 들여다본다. '외로운
동주처럼 혼자 말없이' 바라본다고 한다. 연이어 '동

주처럼' 우물가를 떠났다가 다시 돌아오기를 답습한
다. '돌을 던지면 사라졌다가 파문이 잔잔해지면 다
시 나타나 나를 바라보는 그대'는 동주다. 당연히 시
인이 들여다보는 우물에 동주의 얼굴이 있을 리 없
다. 그곳에 비치는 것은 시인 자신의 얼굴일 터. 이렇
게 시인은 동주와 합일한다. 그는 마침내 이 상황을
아울러서 '내 마음속 깊고 푸른 우물 하나'라는 결론
에 이른다. 시인이 찾아가 만난 '명동촌의 봄'은 이
모든 풍광을 끌어안은 채 '아쉬움이 없다.' 봄부터 소
쩍새가 울 때에 '위대한 별의 시인'이 태어났기에 그
렇다.

2-2. 연희전문에 수학한 청년 문사

　윤동주의 연희전문 시절은 청년기의 문학적 꿈이
영글고, 대표적인 시들이 산출되었으며, 일생에 있어
귀한 인연들을 만난 뜻깊은 시기였다. 이 시기의 윤
동주를 노래하면서 소강석은, 시를 모은 장(章)의 이
름을 '다시, 별 헤는 밤'이라 붙였고 그것은 그대로

시집의 제목이 되었다. 우리가 익히 알고 있는 윤동주의 대표적인 시들은 이때 창작되었으며, 이는 오늘의 연세대학이 윤동주를 소중하고 귀한 동문 시인으로 추앙하고 있는 이유이기도 하다. 소강석 시집 2부의 서두에 있는 시「동주의 거울」은 윤동주의 시「참회록」의 속편으로 쓴 것이다.「참회록」은 일본 유학을 준비하며 창씨개명을 한 참담한 심경을 담은 시다. 시인은 윤동주에게 '파란 녹이 낀 구리거울'을 달라고 한다. 참회의 심경을 이어받아 그 구리거울에서 '그대 얼굴'을 보겠다는 것이다.

그러나 동주여,
님의 별 헤는 밤의 시가
이 도시 어딘가
잠 못 드는 이의 낮은 숨결로 낭송되고
외롭고 쓸쓸한 자의 가슴에서
밤새 헤아리고 싶은 밤하늘 별로 빛나고 있다면

우리의 밤은 어두운 암흑으로 갇히지 않고,

다시, 별 헤는 밤이 되어

별 하나에 추억과 사랑과 쓸쓸함과 동경과

시와 어머니의 이름을 부르겠지요

- 「다시, 별 헤는 밤」 부분

소강석 시인이 가장 심취했던 윤동주의 시를 고르라면, 아마도 「서시」와 「별 헤는 밤」이 아닐까 한다. 그래서 그는 끊임없이 이 두 편의 시를 얘기한다. 「다시, 별 헤는 밤」 또한 그렇다. 이 시는 윤동주의 시와 그 흐름을 그리고 그 숨결을 거의 그대로 따라가며, 앞선 시대와 지금의 시대를 비교한다. 시대적 상황이 달라져서 '그 수많은 별들의 이름'을 이제 부를 수 없게 되었지만, 지금의 시인은 별의 이름을 부르는 시적 행위의 본질이 달라진 것은 아니라고 믿는다. 그래서 '다시, 별 헤는 밤'이다. 이러한 심사의 바닥에 윤동주가 있고, '우리의 가슴속에 떠오른 푸른 별'로서 만국 공유의 어머니가 있다. 이렇게 두 시인의 조화로운 동일화는 지금 시인의 치열하면서도 간곡한 바람이다.

별은 혼자 빛날 수 없으므로
또 다른 별이 빛을 비추어준다고 하지요
나를 비추어주었던 별, 정병욱
모든 사람들 만류하였지만
끝끝내 나의 시를 마루 밑 항아리에 숨겨서
툇마루 너머 별로 떠오르게 하였지요

나의 또 다른 영혼, 강처중
경향신문 기자로서 자신의 목을 걸고
『하늘과 바람과 별과 시』라는 시집을 출판하여
윤동주라는 이름을 세상에 알려주었지요

– 「연희전문학교에서 2」 부분

소강석의 「연희전문학교에서 2」는 앞서 언급한바
윤동주의 운명적 인연들에 대해 말하고 있다. 2년 후
배이자 친구로 지냈던 정병욱은 『하늘과 바람과 별과

시』의 유고를 보존해주었고, 나중에 《경향신문》 기자
가 된 강처중은 이 시집의 출간을 맡아주었다. 이 두
사람이 아니었더라면, 오늘 우리가 손에 들고 있는
그의 시집이 어떤 모양이 되었을지 짐작하기 어렵다.
또 있다. '이화전문 문과 졸업반'이었던 순이(順伊)다.
이처럼 억지 춘향으로는 구성할 수 없는 인연들이 있
었기에 그의 생애에서 가장 행복한 시기였고, 이 시
절 방학이 되면 그의 귀향길 또한 즐거웠다(「귀향」).
그러나 이 대목에서 시인은 윤동주의 예감 또는 무엇
인지 모를 일말의 불안감을 놓치지 않는다. 그래서
'귀향을 몇 번이나 더 할 수 있을지'라는 구절이 그
시 가운데 숨어 있는 것이다.

2-3. 일본 유학 · 순국 이후 별의 시인

윤동주의 일본 유학은 도쿄의 릿교대학에서 시작되
었고, 다시 교토의 도시샤대학으로 옮겨 갔다. 그러
기에 윤동주의 삶을 추적하는 소강석의 평전 시 또한
「릿교대학에서」와 「도시샤대학에서」 순으로 전개된

다. 윤동주의 일본 대학 시절은, 그 연령대의 청년이 누릴 수 있는 자유나 낭만과는 거리가 멀었다. 조국이 일제에 병탄(倂呑)되어 있는 엄혹한 상황이었고, 식민지 출신 젊은 지식인의 울분과 자기반성이 일상의 과제가 되어 있던 때였다. 특히 교토에서 송몽규와 재회하면서 일본 경찰의 요시찰 인물 목록에 오르고, 마침내 재학 중에 체포되어 생사의 갈림길로 가게 된다. 한 시대의 급박한 흐름을 형성한 그 시대적 물결 앞에, 문약한 시인 서생의 힘은 그저 저들을 거부하는 일뿐이었다.

여전히 낯선 땅
무궁화를 짓밟아 버린 적토(敵土)에 온 것이
아직도 수치스럽지만
도시샤의 서러운 달빛 아래서
시의 신세계에 눈떴습니다

사방이 나를 노려보고
가시 돋친 눈으로 쏘아보지만

그중에 낯선 사랑으로 다가온 적국의 여인

그 애절한 손짓 뿌리칠 수도, 다가갈 수도 없어

허공에 휘젓던 사랑을 어찌 아실까요

떠나버린 별의 사랑은 어찌할 수 없다 하여도

여전히 무대 뒤에서 나를 기다리고 있는 순이

－「도시샤대학에서」부분

　이 시의 서두에서 시인은 윤동주가 '무궁화를 짓밟
아 버린 적토(敵土)'에 온 것을 수치스러워 한다고 썼
다. 당연히 그랬을 것이다. 창씨개명을 하고 연이어
「참회록」을 쓴 윤동주니까. 그리고 윤동주가 '도시샤
의 서러운 달빛' 아래서 '시의 신세계'에 눈떴다고 표
현했다. 어린 시절부터 시를 써 온 윤동주이지만, 이
시기에 이르러 그 시의 깊이가 한층 더하여졌다고 보
는 까닭에서다. 그리고 '무대 뒤에서 나를 기다리고
있는 순이'를 언급한다. 기실 이 순이에 대한 확고한
서사적 증빙을 찾기는 어렵다. 그러나 이 시기 윤동
주의 가슴에 슬픈 감성과 안타까운 애환으로 넘치고

있었을 시정(詩情)의 이름을 그보다 더 적절하게 도출
하기는 어려울 것이다.

조국도

고향도

아버지도 어머니도

너무 멀리 떨어져 있는

이방의 낯선 감옥에서

시는 내게 무엇인가

민족제단에 드려진 제사장의 제물

위로와 치유의 메시지

시는 너에게 무엇인가

스스로 예언자 되어

시대에 외치는 선견의 소리

그 제물과 치유, 예언의 메시지는

정녕 바람이 되고 별이 되고 꽃이 되리니

나는 이곳에서도 시를 쓴다

– 「후쿠오카 감옥에서 1」 부분

종국에 자신의 목숨을 앗아간 후쿠오카 감옥에서, 그 '이방의 낯선 감옥'에서, 시는 윤동주에게 '민족 제단에 드려진 제사장의 제물'이자 '위로와 치유의 메시지'였다. 적어도 시인 소강석이 보기에는 그랬다. 그의 시는 '시대에 외치는 선견의 소리'였으며, 그러기에 '이곳에서도 시를 쓴다'는 단호한 시적 선언이 뒤따라온다. 이때의 시는 반드시 문필로만 쓰는 것이 아니며 그 삶 전체, 인생 전체를 걸고 저항의 의지를 굽히지 않는 신념의 결정체이기도 했다. 실제로 윤동주는 감옥에 수감된 이후에는 시를 쓰지 못했다. 사정이 그러한데도 그의 시와 삶을 한 묶음으로 인식한다면, 거기서도 시를 썼다는 표현이 제시될 수 있는 터이다.

아버지의 따뜻한 품에 안겨

귀향을 합니다

나를 보고 슬퍼하지 마세요

한 줌의 재가 되었지만

또 다른 별이 되어 개선을 하잖아요

요절한 내 백골의 일부를 현해탄에 뿌렸다오

지금 건너는 이 두만강 다리처럼 나의 백골이 현해탄
에

화해의 다리로 이어지도록 반 줌의 중보가 되려 합니
다

나를 양지바른 교회의 동산에 묻어주세요

조롱의 새가 자유를 기다리듯

거기서 부활을 꿈꾸겠습니다

시들어야 할 운명의 꽃, 숙명의 별로 살아왔지만

자유의 꽃으로 부활하고

선구자의 별로 떠올라

용정의 하늘에 반짝이고

조선의 하늘을 비추어

더 많은 별들의 시인이 나오게 하겠습니다

- 「별의 개선」 전문

윤동주를 다시 만나다

이국땅 차가운 감옥 안에서 윤동주는 유명(幽明)을 달리하고, 그의 열혈 동역자 송몽규 또한 그 뒤를 따라간다. 고향 명동촌에서 화급하게 건너온 아버지는 그의 시신을 화장하여 백골을 안고 간다. 시인 소강석은 이 장면을 두고 '아버지의 따뜻한 품에 안겨 귀향'을 한다고 썼다. 다시 부활을 꿈꾸며 '시들어야 할 운명의 꽃, 숙명의 별'로 살아왔지만 '자유의 꽃'이 되고 '선구자의 별'이 되겠다고 다짐한다. 이 토로와 다짐은 앞선 시대의 시인 윤동주의 것이자, 동시에 뒤이은 시대의 시인 소강석의 것이다. 시간이 지나고 세월이 흘러 그 무덤의 현장을 두 발로 찾아간 소강석은, 마침내 다음과 같은 고백을 헌정한다.

님의 무덤을 찾아오지 않고서야

어찌 시인이라 할 수 있으랴

그대처럼 아파하지 않고서야

어찌 시를 쓴다 할 수 있으리오

부끄러움 하나 느끼지 않고 시를 썼던

가짜 시인을 꾸짖어주십시오

눈물 없이 쓴 껍데기 시를

심판해주십시오

참회록 없는 이 시대의 시인들을

파면해주십시오

당신 무덤에 피어오른 동주화를

내 마음의 무덤에 심도록 허락해주십시오

- 「윤동주 무덤 앞에서 3」 전문

소강석은 자기 자신을, 아니 이 땅의 모든 시인을 아울러, '부끄러움 하나 느끼지 않고 시를 썼던 가짜 시인'이라고 통렬히 반성한다. 이러한 고백이 예외 없이 모든 시인에게 해당되지 않을지도 모른다. 그러나 지금 여기 윤동주의 무덤 앞에서 자랑할 만한 헌신과 희생이 없이 그것을 주장할 수 있는 시인이 있을까. 그렇게 시에 대한 열정과 나라 사랑의 정신을 실천에 옮긴 시인이 있을까. 소강석은 '참회록 없는 이 시대의 시인들'을 파면해 달라고 말한다. '당신 무덤에 피어오른 동주화'를 '내 마음의 무덤'에 심도록 허락해 달라고 간청한다. 시인이 펼쳐 보이는 순백의 양심, 그것이 윤동주의 시 그리고 삶과 연대한 경우이기에 거기에 힘 있는 감동이 있다.

2-4. 보다 자유롭고 본질적인 질문

소강석의 윤동주 평전 시집 『다시, 별 헤는 밤』의 1부에서 3부까지는, 윤동주의 삶이 그려간 전기적 행로를 뒤따라가면서 그 내면세계를 탐색하는 외양을 보였다. 그러나 4부는 이 연대기적 경과로부터 비교적 자유롭게, 소강석이 궁구(窮究)하는 윤동주의 다층적 면모를 형상화하고 있다. 그 가운데서 선명하게 눈에 들어오는 시가 「용정의 바람」과 「갈대꽃」이다. 용정은 윤동주가 학교를 다닌 곳이지만, 일송정과 용두레 우물터가 있는 조선 독립운동의 성지(聖地)와도 같은 지역이기도 하다. 그곳을 찾아간 시인 소강석은 윤동주의 행적을 탐문하고, 역사의 현장을 찾아갔으며, 거기서 얻은 감상을 「용정의 바람」이란 시로 썼다. 이 궁벽한 지역에서 넘치던 우국(憂國)의 열기는,

나중에 중국 정부가 연변조선족자치주의 주도(州都)
를 연길시로 선택하게 할 만큼 강렬했다.

용정에 다시 왔는데

오늘은 무엇을 가지고 오시겠습니까?

마음이 캄캄할 때

먹장구름을 가져오고

마음이 슬픈 날은

차가운 비를 가져왔죠

깜빡거리는 심지의 불마저 꺼뜨려버렸을 때

목 놓아 울고 또 울었습니다

그토록 울게 하면서 어느새

오곡백과를 무르익게 한 당신

무르익은 오곡백과들 위에

별빛도 잠들게 한 후

거기서 내 이름을 부르며

영혼 속까지 생기로 지나가며

시상을 가져오는 당신, 누구입니까?

윤동주를 다시 만나다

- 「용정의 바람」 부분

이 시의 화자는 사뭇 삼엄한 어투로 '당신'에게 질문한다. 먼저 '용정에 다시 왔는데 오늘은 무엇을 가지고 오시겠습니까?'라고 묻는다. 여기서 중요한 문제는 이렇게 묻는 그 상대역이 누구냐 하는 점이다. 그것은 시의 제목 그대로 '용정의 바람'일 수도 있고 시인 자신의 절대자일 수도 있으며, 항차 시인이 경모하는 윤동주일 수도 있다. 한 편의 시가 이렇게 다층적으로 읽힐 수 있다면 참 좋은 일이다. 마치 만해 한용운의 「님의 침묵」이 그러하듯이. 거기에 W. 엠프슨이 말한 시적 애매모호성(Ambiguity)이 결부되는 까닭에서다. 시는 질문으로 일관하며, '당신'은 대답하지 않는다. 시인은 다시 자신을 '동주의 시가 가득한 곳'으로 데려다줄 수 없느냐고 묻는다. 이는 어쩌면 용정에서만 나눌 수 있는 문답법이다.

상처 입고 핀 꽃이라서
이토록 아름답던가

흔들리며 피는 꽃이라서

이토록 눈부시던가

생각하며 피는 꽃이라서

이토록 고상하던가

(중략)

흔들리기를 자처하고

상처입기를 자원하며

눈물로 피어난 꽃이기에

너를 순정의 꽃이라 부른다

– 「갈대꽃」 부분

　왜 시인은 이 시집의 4부에 「갈대꽃」을 가져다 두었을까. 그는 이 시를 통해 누구에게 무엇을 질문하고 또 어떤 답변을 듣고자 했을까. 가을 산들바람에 하얀 물결로 '갈대꽃 축제'를 이루는 들녘에서 그는 무슨 상념을 떠올렸을까. 짐작해 보자면 거기에 자신의 곤고했던 생애와 온갖 역경을 돌파하고 지나온 세월과 앞으로 남아 있는 보다 더 큰 꿈이 투영되었을지도 모른다. 그리고 아마도 확실히, 이제 천상의 별이 된 시인 윤동주를 그렸을 것이다. 윤동주를 불러내기에 그 '순정의 꽃'이 이루는 장관만한 광경이 없을 것이다. 그는 그렇게 산문집 『별빛 언덕 위에 쓴 이름』과 시집 『다시, 별 헤는 밤』을 통하여, 지금껏 어느 누구도 수행하지 못한 초혼(招魂)과 위령(慰靈)의 제례를 올렸다. 목회자이기 이전에 한 시인의 자격으로, 시인이기 이전에 마음이 맑고 가슴이 뜨거운 한 인간의 자격으로!

Ⅳ. ㅂㅍㄷㅅㅇㄹㅅㅈㅎㅅ

Ⅳ. 비평 대상으로 선정한 시

1. 윤동주의 시(현대어)

서시

죽는 날까지 하늘을 우러러
한 점 부끄럼이 없기를,
잎새에 이는 바람에도
나는 괴로워했다.
별을 노래하는 마음으로
모든 죽어가는 것을 사랑해야지
그리고 나한테 주어진 길을
걸어가야겠다.

오늘 밤에도 별이 바람에 스치운다.

1941. 11. 20. (25세)

윤동주를 다시 만나다

자화상

　산모퉁이를 돌아 논가 외딴 우물을 홀로 찾아가선
가만히 들여다봅니다.

　우물 속에는 달이 밝고 구름이 흐르고 하늘이 펼치
고 파아란 바람이 불고 가을이 있습니다.

　그리고 한 사나이가 있습니다.
어쩐지 그 사나이가 미워져 돌아갑니다.

　돌아가다 생각하니 그 사나이가 가엾어집니다.
도로 가 들여다보니 사나이는 그대로 있습니다.

　다시 그 사나이가 미워져 돌아갑니다.

돌아가다 생각하니 그 사나이가 그리워집니다.

우물 속에는 달이 밝고 구름이 흐르고 하늘이 펼치
고 파아란 바람이 불고 가을이 있고 추억처럼 사나이
가 있습니다.

1939. 9. (23세)

소년(少年)

　여기저기서 단풍잎 같은 슬픈 가을이 뚝뚝 떨어진다. 단풍잎 떨어져 나온 자리마다 봄을 마련해 놓고 나뭇가지 위에 하늘이 펼쳐있다. 가만히 하늘을 들여다보려면 눈썹에 파란 물감이 든다. 두 손으로 따뜻한 볼을 씻어 보면 손바닥에도 파란 물감이 묻어난다. 다시 손바닥을 들여다본다. 손금에는 맑은 강물이 흐르고, 맑은 강물이 흐르고, 강물 속에는 사랑처럼 슬픈 얼굴 – 아름다운 순이(順伊)의 얼굴이 어린다. 소년(少年)은 황홀히 눈을 감아 본다. 그래도 맑은 강물은 흘러 사랑처럼 슬픈 얼굴 – 아름다운 순이(順伊)의 얼굴은 어린다.

　1939. (23세)

병원

    살구나무 그늘로 얼굴을 가리고, 병원 뒤뜰에 누워, 젊은 여자가 흰옷 아래로 하얀 다리를 드러내 놓고 일광욕을 한다. 한나절이 기울도록 가슴을 앓는다는 이 여자를 찾아오는 이, 나비 한 마리도 없다. 슬프지도 않은 살구나무 가지에는 바람조차 없다.

    나도 모를 아픔을 오래 참다 처음으로 이곳에 찾아왔다. 그러나 나의 늙은 의사는 젊은이의 병을 모른다. 나한테는 병이 없다고 한다. 이 지나친 시련, 이 지나친 피로, 나는 성내서는 안 된다.

    여자는 자리에서 일어나 옷깃을 여미고 화단에서 금잔화(金盞花) 한 포기를 따 가슴에 꽂고 병실 안으로 사라진다. 나는 그 여자의 건강이, 아니 내 건강도 속히 회복되기를 바라며 그가 누웠던 자리에 누워 본다.

　　1940. 12. (24세)

새로운 길

내를 건너서 숲으로
고개를 넘어서 마을로

어제도 가고 오늘도 갈
나의 길 새로운 길

민들레가 피고 까치가 날고
아가씨가 지나고 바람이 일고

나의 길은 언제나 새로운 길
오늘도… 내일도…

내를 건너서 숲으로

윤동주를 다시 만나다

고개를 넘어서 마을로

1938. 5. (22세)

IV. 비평 대상으로 선정한 시

간판 없는 거리

정거장 플랫폼에
내렸을 때, 아무도 없어,

다들 손님들뿐,
손님 같은 사람들뿐,

집집마다 간판이 없어
집 찾을 근심이 없어

빨갛게
파랗게
불붙는 문자도 없어

모퉁이마다
자애로운 헌 와사등에
불을 켜놓고,

손목을 잡으면
다들, 어진 사람들
다들, 어진 사람들

봄, 여름, 가을, 겨울
순서로 돌아들고

1941. (25세)

십자가

쫓아오던 햇빛인데
지금 교회당 꼭대기
십자가에 걸리었습니다.

첨탑(尖塔)이 저렇게도 높은데
어떻게 올라갈 수 있을까요.

종소리도 들려오지 않는데
휘파람이나 불며 서성거리다가,

괴로웠던 사나이,
행복한 예수·그리스도에게
처럼

십자가가 허락된다면

모가지를 드리우고
꽃처럼 피어나는 피를
어두워가는 하늘 밑에
조용히 흘리겠습니다.

1941. 5. 31. (25세)

슬픈 족속

흰 수건이 검은 머리를 두르고
흰 고무신이 거친 발에 걸리우다.

흰 저고리 치마가 슬픈 몸집을 가리고
흰 띠가 가는 허리를 질끈 동이다.

1938. 9. (22세)

또 다른 고향

고향에 돌아온 날 밤에
내 백골이 따라와 한방에 누웠다.
어둔 방은 우주로 통하고
하늘에선가 소리처럼 바람이 불어온다.

어둠 속에서 곱게 풍화작용하는
백골을 들여다보며
눈물짓는 것이 내가 우는 것이냐
백골이 우는 것이냐
아름다운 혼이 우는 것이냐

지조 높은 개는
밤을 새워 어둠을 짖는다.

어둠을 짖는 개는
나를 쫓는 것일 게다.

가자 가자
쫓기우는 사람처럼 가자
백골 몰래
아름다운 또 다른 고향에 가자.

1941. 9. (25세)

길

잃어버렸습니다.
무얼 어디다 잃었는지 몰라
두 손이 주머니를 더듬어
길에 나아갑니다.

돌과 돌과 돌이 끝없이 연달아
길은 돌담을 끼고 갑니다.

담은 쇠문을 굳게 닫아
길 위에 긴 그림자를 드리우고

길은 아침에서 저녁으로
저녁에서 아침으로 통했습니다.

〈

돌담을 더듬어 눈물짓다
쳐다보면 하늘은 부끄럽게 푸릅니다.

풀 한 포기 없는 이 길을 걷는 것은
담 저쪽에 내가 남아 있는 까닭이고,

내가 사는 것은, 다만,
잃은 것을 찾는 까닭입니다.

1941. 9. 31. (25세)

윤동주를 다시 만나다

별 헤는 밤

계절이 지나가는 하늘에는
가을로 가득 차 있습니다.

나는 아무 걱정도 없이
가을 속의 별들을 다 헤일 듯합니다.

가슴 속에 하나 둘 새겨지는 별을
이제 다 못 헤는 것은
쉬이 아침이 오는 까닭이요,
내일 밤이 남은 까닭이요,
아직 나의 청춘이 다하지 않은 까닭입니다.

별 하나에 추억과

별 하나에 사랑과

별 하나에 쓸쓸함과

별 하나에 동경과

별 하나에 시와

별 하나에 어머니, 어머니,

　어머님, 나는 별 하나에 아름다운 말 한마디씩 불러 봅니다. 소학교 때 책상을 같이 했던 아이들의 이름과, 패, 경, 옥, 이런 이국 소녀들의 이름과, 벌써 아기 어머니 된 계집애들의 이름과, 가난한 이웃 사람들의 이름과, 비둘기, 강아지, 토끼, 노새, 노루, '프랑시스 잠', '라이너 마리아 릴케', 이런 시인의 이름을 불러 봅니다.

윤동주를 다시 만나다

〈

이네들은 너무나 멀리 있습니다.
별이 아스라이 멀듯이

어머님,
그리고 당신은 멀리 북간도에 계십니다.

나는 무엇인지 그리워
이 많은 별빛이 내린 언덕 위에
내 이름자를 써 보고
흙으로 덮어 버리었습니다.

딴은 밤을 새워 우는 벌레는

부끄러운 이름을 슬퍼하는 까닭입니다.

그러나 겨울이 지나고 나의 별에도 봄이 오면
무덤 위에 파란 잔디가 피어나듯이
내 이름자 묻힌 언덕 위에도
자랑처럼 풀이 무성할 거외다.

1941. 11. 5. (25세)

참회록

파란 녹이 낀 구리 거울 속에
내 얼굴이 남아 있는 것은
어느 왕조의 유물이기에
이다지도 욕될까.

나는 나의 참회의 글을 한 줄에 줄이자.
— 만 이십사 년 일 개월을
무슨 기쁨을 바라 살아왔던가.

내일이나 모레나 그 어느 즐거운 날에
나는 또 한 줄의 참회록을 써야 한다.
— 그때 그 젊은 나이에
왜 그런 부끄러운 고백을 했던가.

〈

밤이면 밤마다 나의 거울을
손바닥으로 발바닥으로 닦아 보자.

그러면 어느 운석 밑으로 홀로 걸어가는
슬픈 사람의 뒷모양이
거울 속에 나타나 온다.

1942. 1. 24. (26세)

쉽게 씌어진 시

창밖에 밤비가 속살거려
육첩방(六疊房)은 남의 나라,

시인이란 슬픈 천명(天命)인 줄 알면서도
한 줄 시를 적어 볼까,

땀내와 사랑 내 포근히 품긴
보내 주신 학비 봉투를 받아

대학 노트를 끼고
늙은 교수의 강의를 들으러 간다.

생각해 보면 어린 때 동무를

하나, 둘, 죄다 잃어버리고

나는 무얼 바라
나는 다만, 홀로 침전(沈澱)하는 것일까?

인생은 살기 어렵다는데
시가 이렇게 쉽게 씌어지는 것은
부끄러운 일이다.

육첩방은 남의 나라,
창밖에 밤비가 속살거리는데,

등불을 밝혀 어둠을 조금 내몰고,

시대처럼 올 아침을 기다리는 최후의 나,

나는 나에게 작은 손을 내밀어
눈물과 위안으로 잡는 최초의 악수.

1942. 6. 3. (26세)

달을 쏘다
— 산문

번거롭던 사위(四圍)가 잠잠해지고 시계 소리가 또
렷하나 보니 밤은 저윽히 깊을 대로 깊은 모양이다.
보던 책자를 책상머리에 밀어놓고 잠자리를 수습한
다음 잠옷을 걸치는 것이다. '딱' 스위치 소리와 함께
전등을 끄고 창 옆의 침대에 드러누우니 이때까지 밖
은 휘황한 달밤이었던 것을 감각치 못하였댔다. 이것
도 밝은 전등의 혜택이었을까.

나의 누추한 방이 달빛에 잠겨 아름다운 그림이 된
다는 것보다도 오히려 슬픈 선창이 되는 것이다. 창
살이 이마로부터 콧마루, 입술, 이렇게 해서 가슴에
여민 손등에까지 어른거려 나의 마음을 간지르는 것
이다. 옆에 누운 분의 숨소리에 방은 무시무시해진
다. 아이처럼 황황해지는 가슴에 눈을 치떠서 밖을

내다보니 가을 하늘은 역시 맑고 우거진 송림은 한 폭의 묵화다. 달빛은 솔가지에 솔가지에 쏟아져 바람인 양 쏴―소리가 날 듯하다. 들리는 것은 시계 소리와 숨소리와 귀또리 울음뿐 벅적하던 기숙사도 절간보다 더 한층 고요한 것이 아니냐?

나는 깊은 사념에 잠기우기 한창이다. 딴은 사랑스런 아가씨를 사유(私有)할 수 있는 아름다운 상화(想華)도 좋고, 어릴 적 미련을 두고 온 고향에의 향수도 좋거니와 그보다 손쉽게 표현 못할 심각한 그 무엇이 있다.

바다를 건너온 H군의 편지 사연을 곰곰 생각할수록 사람과 사람 사이의 감정이란 미묘한 것이다. 감상적인 그에게도 필연코 가을은 왔나보다.

편지는 너무나 지나치지 않았던가. 그 중 한 토막,

'군아, 나는 지금 울며울며 이 글을 쓴다. 이 밤도 달이 뜨고, 바람이 불고, 인간인 까닭에 가을이란 흙냄새도 안다. 정의 눈물, 따뜻한 예술학도였던 정의 눈물도 이 밤이 마지막이다.'

또 마지막 켠으로 이런 구절이 있다.

'당신은 나를 영원히 쫓아버리는 것이 정직할 것이오.'

나는 이 글의 뉘앙스를 해득할 수 있다. 그러나 사실 나는 그에게 아픈 소리 한마디 한 일이 없고 설운 글 한 쪽 보낸 일이 없지 아니한가. 생각건대 이 죄는 다만 가을에게 지워 보낼 수밖에 없다.

홍안서생으로 이런 단안을 내리는 것은 외람한 일이나 동무란 한낱 괴로운 존재요 우정이란 진정코 위태로운 잔에 떠 놓은 물이다. 이 말을 반대할 자 누구랴. 그러나 지기 하나 얻기 힘든다 하거늘 알뜰한 동무 하나 잃어버린다는 것이 살을 베어내는 아픔이다.

나는 나를 정원에서 발견하고 창을 넘어 나왔다든가 방문을 열고 나왔다든가 왜 나왔느냐 하는 어리석은 생각에 두뇌를 괴롭게 할 필요는 없는 것이다. 다만 귀뚜라미 울음에도 수줍어지는 코스모스 앞에 그윽히 서서 닥터 빌링스의 동상 그림자처럼 슬퍼지면 그만이다. 나는 이 마음을 아무에게나 전가시킬 심보는 없다. 옷깃은 민감이어서 달빛에도 싸늘히 추워지고 가을 이슬이란 선득선득하여서 설운 사나이의 눈물인 것이다.

발걸음은 몸뚱이를 옮겨 못가에 세워줄 때 못 속에

도 역시 가을이 있고, 삼경이 있고, 나무가 있고, 달이 있고―.

그 찰나 가을이 원망스럽고 달이 미워진다. 더듬어 돌을 찾아 달을 향하여 죽어라고 팔매질을 하였다. 통쾌! 달은 산산히 부서지고 말았다. 그러나 놀랐던 물결이 잦아들 때 오래잖아 달은 도로 살아난 것이 아니냐, 문득 하늘을 쳐다보니 얄미운 달은 머리 위에서 빈정대는 것을―.

나는 곳곳한 나무가지를 고나 띠를 째서 줄을 매어 훌륭한 활을 만들었다. 그리고 좀 탄탄한 갈대로 화살을 삼아 무사의 마음을 먹고 달을 쏘다.

1939. 1. 23. (23세)

2. 소강석의 시(『다시, 별 헤는 밤』, 샘터, 2017. 1)

서시(序詩), 이후…

윤동주 생가에서

동주의 우물가에서

명동촌의 봄

동주의 거울

다시, 별 헤는 밤 ― 윤동주 탄생 100주년을 기념하고 추모하며

연희전문학교에서 2

귀향

도시샤대학에서

후쿠오카 감옥에서 1 ― 윤동주, 「달을 쏘다」를 보고

윤동주와 송몽규 ―『동주』영화를 보고

별의 개선

윤동주 무덤 앞에서 3

용정의 바람

갈대꽃

서시(序詩), 이후…

윤동주 이후

우리 모두는 가슴에 시 한 편 가졌다

아무리 시에 관심 없고

문학에 문외한인 사람일지라도

그가 사형수이든 수배자이든

대통령이든 국회의원이든

초호화 재벌이든 폐지를 줍는 노인이든

경찰이든 단속에 쫓기는 노점상이든

꽃처럼 피어나는 소녀이든

막다른 골목 유곽의 외로운 여인이든

콘크리트 숲 회사원이든

지하도에 신문지를 깔고 잠드는 노숙자이든

어머니의 손수건 같은 시 한 편 가졌다

우리의 지저분한 마음을

가혹한 상처를

씻을 수 없는 후회를

위로하고 닦아주는 시 한 편 가졌다

서시(序詩)는 지금도

모든 죽어가는 것들을 사랑하는

우리 가슴속 별이 되어

바람에 스치운다

윤동주 생가에서

당신이 이곳에서 별을 보며

사색에 잠기던 때

나는 라디오에 심취해 있었습니다

잎새에 이는 바람 소리에도

시대의 소명을 감지하던 때

나는 바람개비를 날리며 뛰어다녔지요

작은 심장을 콩당거리며

시상에 잠겨 있을 때

나는 많은 청중 앞에 웅변을 하며

박수와 갈채를 받았어요

당신이 문예지를 만들고 있을 때

땅따먹기 놀이를 하고 있던 나

지금 죄인이 되어 찾아왔네요

이제라도 당신의 체취를 느끼고 싶고

순백의 얼과 동심의 혼을 만나러 왔는데

당신은 없고 영혼의 제단에 올려진

시들이 제물이 되어 화제(火祭)로만 타오르고 있어

제단 위에 타오르는 헌상의 시들을

차마 가져갈 수는 없고

타다남은 잿가루를

한 움큼 가져가겠습니다

동주의 우물가에서

산모퉁이 외딴 우물 하나
하늘과 구름, 달과 별이 빛나는 우물 위로
잎새에 이는 바람이 스쳐 지나가고
난, 외로운 동주처럼
혼자 말없이 우물을 바라봅니다

그러다가 나도 괜히
동주처럼 내 자신이 미워져
우물에 돌멩이 하나 던져놓고 돌아가다
다시, 문득 우물 속 사내가 그리워집니다

우물 속 사내는
여전히 아무 말 없이 나를 바라보고 있습니다

사랑도 미움도

저항도 순종도

열정도 절망도 없이

그저 무표정한 얼굴로 나를 바라보는 우물 속 사내

돌을 던지면 사라졌다가

파문이 잔잔해지면 다시 나타나

나를 바라보는 그대

동주,

내 마음속 깊고 푸른 우물 하나

명동촌의 봄

해란강의 얼음이 녹아내린 지는
이미 오래
야산에는 진달래가 수줍게 피어나고
개나리 개살구꽃 함박꽃 할미꽃도 겸연쩍게 피어나
며
앞 강가 버들방천에는
버들강아지가 부끄럽게 피어나네

교회당 종소리가 새벽을 깨우고
새들이 정답게 아침을 알려줄 때
문을 열어 우뚝 솟은 선바위 삼형제 바위를 바라보
면
어느새 그리움, 설렘

그 두 날개를 타고 훨훨 날아가고 싶어
시심을 절로 일으켜준다

꽃들이 시든다 해도
푸른 잎사귀들이 그 자리를 지켜주고
밤하늘의 별빛은 여름일수록 부서질 것이기에
명동촌의 봄은 아쉬움이 없다
봄부터 소쩍새가 울 때에
위대한 별의 시인이 태어나리니

동주의 거울

나에게 당신의 파란 녹이 낀 구리거울을 주세요
밤마다 손바닥으로 닦으며
눈물로 참회록을 썼다는
당신의 희미한 구리거울을 주세요

날마다 수많은 유리거울 앞에 서면서도
한 점 부끄러움도 없이 살아가는
그 숱한 말의 유희와 성찬을 즐기면서도
단 한 줄의 참회록도 쓰지 못하는
욕된 어느 왕조의 버려진 거울처럼

화인 맞은 양심이 무감각해져서
내 안에 흠과 티를 보지 못할 때

당신의 녹이 낀 구리거울을 주세요

밤이면 밤마다 나를 비추며
손바닥으로 닦고 닦아
유리처럼 맑은 영혼을 빚는
당신의 구리거울을 주세요

그 구리거울에서 나의 모습이 아닌
그대 얼굴이 보여지도록…

다시, 별 헤는 밤

— 윤동주 탄생 100주년을 기념하고 추모하며

동주여,

님이 사랑과 추억과 그리움과 동경으로 헤아리던

별 헤는 밤은 이젠 없습니다

다 헤아릴 수 있다 해도

또 우리의 청춘이 다하지도 않았지만

저 먼 밤하늘에 남겨두었던

그 수많은 별들의 이름도 이젠 부를 수 없습니다

도시의 밤거리를 비추는 휘황찬란한 네온사인

도로 위의 가로등

더 이상 이 도시에는 별 헤는 밤이 오지 않을 듯합
니다

산언덕 어딘가에 썼다가 흙으로 다시 덮어 지우고

싶은

　그리운 이름들도 사라졌습니다

　그러나 동주여,

　님의 별 헤는 밤의 시가

　이 도시 어딘가

　잠 못 드는 이의 낮은 숨결로 낭송되고

　외롭고 쓸쓸한 자의 가슴에서

　밤새 헤아리고 싶은 밤하늘 별로 빛나고 있다면

　우리의 밤은 어두운 암흑으로 갇히지 않고,

　다시, 별 헤는 밤이 되어

　별 하나에 추억과 사랑과 쓸쓸함과 동경과

시와 어머니의 이름을 부르겠지요

사라진 별들
부를 수 없는 별들
영영 떠나버린 어머니의 이름
그러나 우리의 가슴속에 떠오른 푸른 별

따뜻한 어머니의 이름이여
그래서 다시 영원히 지지 않을 별 헤는 밤이여

윤동주를 다시 만나다

연희전문학교에서 2

별은 혼자 빛날 수 없으므로
또 다른 별이 빛을 비추어준다고 하지요
나를 비추어주었던 별, 정병욱
모든 사람들 만류하였지만
끝끝내 나의 시를 마루 밑 항아리에 숨겨서
툇마루 너머 별로 떠오르게 하였지요

나의 또 다른 영혼, 강처중
경향신문 기자로서 자신의 목을 걸고
『하늘과 바람과 별과 시』라는 시집을 출판하여
윤동주라는 이름을 세상에 알려주었지요

그리고 못다 이룬 그리운 사랑… 순이(順伊)

이화여전 문과 졸업반이었던 그녀
아카시아 향기 나는 머릿결을 따라
나의 영혼도 흔들렸어요

이제 막 드넓고 광활한 시의 세계에 눈을 뜰 즈음
그 함박눈 내리는 길목에서 다가온
또 다른 눈송이 하나 순이
너는 나에게 다가왔지만
나는 너에게 다가갈 용기가 없어
  고작 너를 만난 것은 교회의 바이블클래스와 기차
역

  나의 청춘의 순정과 고백의 꽃다발을 주었다는 걸

그대도 알잖아요

일본에 간다고 말할 때 아무 말 없이 촉촉이 젖던 그대 눈동자

나를 향한 애틋한 사랑과 그리움의 여울

아, 순이의 사랑

그대를 생각만 해도 내 삶에 빛이 비치고

이미 그대는 내 빈 의자에 주인으로 앉아 있지만

그대의 젖은 눈동자 남겨두고 떠나는 용기 없는 사나이

내 자신이 달보다 더 미워지고

이제는 달을 향해 던진 돌을 나에게 던져요

다시 만날 수 없는 그대라면

잊힌 꽃다발을 말없이 건네주리라

귀향

귀향, 언제나 설레는 것

꿈속에서도 잊을 수 없는 그 이름

나에게는 명동촌이라는 고향이 있어요

그곳을 떠나 용정의 은진중학교에 다니던 때도

교실 창밖 밤하늘을 바라보며

별들의 세계 속에 누가 살고 있을지,

별들을 넘어서 또 어떤 세계가 있을지

내 유년의 뜰엔 별들의 고향이 빛나고 있지요

부푼 꿈을 안고 연희전문학교로 왔을 땐

용정의 밤하늘을 볼 수는 없었지만

고향 마을의 별들은 향수의 돛배를 타고 와

내 영혼의 항구에 정박했어요

〈

　방학이 되어 즐거운 귀향길에 오르면

　경원선 열차를 타고 원산으로 다시 함경선 열차를
타고

　두만강 강변의 국경마을인 삼봉역에 다다른 후

　다시 기차를 타고 두만강을 건너 용정에 도착하지
요

　그 머나먼 길, 고단한 여정이라도

　어머니를 만나고 동생들을 만난다는 기쁨에

　귀향길은 꿈속을 걷는 것만 같았어요

　그러나 덜컹거리는 협궤열차 안에서

　바람결에 스쳐 지나가는 산천과 수목들의 풍경을

윤동주를 다시 만나다

보며

　나는 귀향을 몇 번이나 더 할 수 있을지

　내 귀향의 종착지는 과연 어디일지

　먼 훗날 인생의 종착역에서 내리는 연습을 했어요

　어쩌면 지금 내게도 황톳빛 노을이 두 눈에 물들고
있을지

　귀향을 연습하는 중에 나도 모르는 사이

　하얀 진흙과 더 가까워져가고 있는지

도시샤대학에서

여전히 낯선 땅
무궁화를 짓밟아 버린 적토(敵土)에 온 것이
아직도 수치스럽지만
도시샤의 서러운 달빛 아래서
시의 신세계에 눈떴습니다

사방이 나를 노려보고
가시 돋친 눈으로 쏘아보지만
그중에 낯선 사랑으로 다가온 적국의 여인
그 애절한 손짓 뿌리칠 수도, 다가갈 수도 없어
허공에 휘젓던 사랑을 어찌 아실까요
떠나버린 별의 사랑은 어찌할 수 없다 하여도
여전히 무대 뒤에서 나를 기다리고 있는 순이

〈

그녀가 밤마다 괴로운 심장 속에 파고들어

내 청춘의 별들 사이에서

두 여인이 충돌하고 있는 것을 누가 아실까요

나는 어느 사랑의 별이 되어야 하는지

달빛 부서진 교토의 밤거리를 거닐 때

더 깊고 아련한 시가

나의 폐부 속으로 깃들었음을

끝내 서먹한 사랑 가까이할 수 없어

결국은 돌아가야 할 님의 품이 있어

그리운 고향 밤하늘에 떠 있을 별들을 헤아리며

161

또다시 잠을 청했다는 것을 누가 알아줄까요

윤동주를 다시 만나다

후쿠오카 감옥에서 1
— 윤동주, 「달을 쓰다」를 보고

조국도

고향도

아버지도 어머니도

너무 멀리 떨어져 있는

이방의 낯선 감옥에서

시는 내게 무엇인가

민족제단에 드려진 제사장의 제물

위로와 치유의 메시지

시는 너에게 무엇인가

스스로 예언자 되어

시대에 외치는 선견의 소리

그 제물과 치유, 예언의 메시지는

정녕 바람이 되고 별이 되고 꽃이 되리니
나는 이곳에서도 시를 쓴다

별을 세어보다가도
달을 쏘고 부서진 달빛에 쾌감을 느끼다가
아직 상처가 아물지 않은 손으로 펜을 든다
병든 제사장, 벙어리 예언자지만
심장 깊은 곳에서는 민족애의 연가를 부르고
영혼의 눈물을 적시며 시를 써내려간다
아 여전히 그리운 어머니여
더 애처로운 또 하나의 어머니여

윤동주와 송몽규

―『동주』 영화를 보고

내 안엔 꽃을 든 윤동주가 있어

깊은 밤이면 별을 노래하는 소년이 되고

회색빛 콘크리트 도시를 쫓기듯 거닐다가도

혼자 넋 놓고

고향 마을 우물을 들여다보는 시인이 되기도 하지

차마 사랑 고백도 못 하고

불 켜진 소녀의 집 아래서 서성이다

발자국 소리만 남긴 채

집으로 돌아와 촉 낮은 전등 아래서

부치지 못한 편지를 쓴 적이 있어

아니, 내 안엔 총을 든 송몽규도 있어

밤이면 양들을 삼키려는 이리 떼를 쫓아내는

사자의 눈빛을 가진 목동이 되기도 하고
나의 목자를 해치려는 자가 나타나면
사냥개처럼 달려 나가 목덜미를 물어버리는
털 솟은 야수가 되기도 하지
나의 소녀만큼은 머리카락 하나 다치지 않게
밤새 그 집 앞을 지키는 외로운 야인이 되기도 했어

내 안엔 윤동주와 송몽규가 있어
꽃과 총, 물과 불, 별과 돌, 산들바람과 폭풍이 일어
나지
생의 거울 앞에 서면
윤동주가 웃으며 사랑 고백하라며 꽃을 건네고
다시 뒤돌아서면

송몽규가 그 사랑 끝까지 지키라고
탄환 장전된 총을 건네지

그러면 나는 누구인가
나는 윤동주인가, 송몽규인가
꽃과 총, 물과 불, 별과 돌, 산들바람과 폭풍
이 모든 것이 나인가
내 속엔 여전히 태풍 전야의 바람이 휘몰아치고 있
는가

별의 개선

아버지의 따뜻한 품에 안겨

귀향을 합니다

나를 보고 슬퍼하지 마세요

한 줌의 재가 되었지만

또 다른 별이 되어 개선을 하잖아요

요절한 내 백골의 일부를 현해탄에 뿌렸다오

지금 건너는 이 두만강 다리처럼 나의 백골이 현해탄에

화해의 다리로 이어지도록 반 줌의 중보가 되려 합니다

나를 양지바른 교회의 동산에 묻어주세요

조롱의 새가 자유를 기다리듯

윤동주를 다시 만나다

거기서 부활을 꿈꾸겠습니다

시들어야 할 운명의 꽃, 숙명의 별로 살아왔지만

자유의 꽃으로 부활하고

선구자의 별로 떠올라

용정의 하늘에 반짝이고

조선의 하늘을 비추어

더 많은 별들의 시인이 나오게 하겠습니다

윤동주 무덤 앞에서 3

님의 무덤을 찾아오지 않고서야

어찌 시인이라 할 수 있으랴

그대처럼 아파하지 않고서야

어찌 시를 쓴다 할 수 있으리오

부끄러움 하나 느끼지 않고 시를 썼던

가짜 시인을 꾸짖어주십시오

눈물 없이 쓴 껍데기 시를

심판해주십시오

참회록 없는 이 시대의 시인들을

파면해주십시오

당신 무덤에 피어오른 동주화를

내 마음의 무덤에 심도록 허락해주십시오

용정의 바람

용정에 다시 왔는데
오늘은 무엇을 가지고 오시겠습니까?
마음이 캄캄할 때
먹장구름을 가져오고
마음이 슬픈 날은
차가운 비를 가져왔죠
깜빡거리는 심지의 불마저 꺼뜨려버렸을 때
목 놓아 울고 또 울었습니다

그토록 울게 하면서 어느새
오곡백과를 무르익게 한 당신
무르익은 오곡백과들 위에
별빛도 잠들게 한 후

거기서 내 이름을 부르며
영혼 속까지 생기로 지나가며
시상을 가져오는 당신, 누구입니까?

저 머나먼 곳에서 바다를 지나고 산을 넘어
지금도 내게로 오고 있는 당신이여
오늘은 무엇을 가져오시겠습니까?

추억의 날개에 때 묻은 나를 태워
다시 먼 근원의 세계로
원형의 땅으로
데려다줄 수는 없는가요
동주의 시가 가득한 곳

별들 사이에서 시를 쓸 수 있는 나라로…

Ⅳ. 비평 대상으로 선정한 시

갈대꽃

상처 입고 핀 꽃이라서

이토록 아름답던가

흔들리며 피는 꽃이라서

이토록 눈부시던가

생각하며 피는 꽃이라서

이토록 고상하던가

가을에 산들바람이 불면

하얀 물결을 치며

온통 갈대꽃 축제를 이루지

겨울엔 하늘의 별들과

입맞춤을 하다가

매서운 눈바람이 불어닥치면

온 들녘을 휘날려

윤동주를 다시 만나다

갈대의 영역을 확장해온 거야

억겁의 세월만큼

흔들리기를 자처하고

상처입기를 자원하며

눈물로 피어난 꽃이기에

너를 순정의 꽃이라 부른다

윤동주를 다시 만나다

1쇄 발행일 | 2023년 07월 25일

지은이 | 김종회
펴낸이 | 윤영수
펴낸곳 | 문학나무
편집 기획 | 03085 서울 종로구 동숭4나길 28-1 예일하우스 301호
이메일 | mhnmoo@hanmail.net

출판등록 | 제312-2011-000064호 1991. 1. 5.
영업 마케팅부 | 전화 | 02-302-1250, 팩스 | 02-302-1251
ⓒ김종회, 2023

ISBN 979-11-5629-161-9 03800